FRANKENSTEIN

CHINESE (SIMPLIFIED) EDITION

MARY SHELLEY

EDITED BY
ADAPTIVE READER

ISBN: 979-8-8692-6661-3 (paperback)

ISBN: 979-8-8692-6663-7 (eBook)

CONTENTS

Introduction   v

Letter I   1
Letter II   4
Letter III   7
Letter IV   8
Chapter I   13
Chapter II   17
Chapter III   21
Chapter IV   26
Chapter V   30
Chapter VI   35
Chapter VII   40
Chapter VIII   48
Chapter IX   55
Chapter X   60
Chapter XI   65
Chapter XII   70
Chapter XIII   74
Chapter XIV   78
Chapter XV   82
Chapter XVI   88
Chapter XVII   94
Chapter XVIII   98
Chapter XIX   104
Chapter XX   109
Chapter XXI   116
Chapter XXII   124
Chapter XXIII   131
Chapter XXIV   136

INTRODUCTION

Welcome to Adaptive Reader, your portal to the captivating world of literature, tailored to fit your unique reading abilities.

In today's fast-paced and diverse learning environment, we believe in the power of personalized learning experiences. That's where the concept of leveled reading comes in, and why we, at Adaptive Reader, have dedicated ourselves to offering a broad collection of classic novels at various reading levels. Our mission is to make the joy and benefits of reading accessible to everyone.

THE BENEFITS OF LEVELED TEXTS

So, what exactly is leveled reading? It's an approach that matches students with texts that align with their unique reading abilities. This ensures that every reader is challenged just the right amount - enough to grow, but not so much that they feel overwhelmed or frustrated.

For students, this means you'll engage with texts that stretch your reading skills while keeping the experience enjoyable and manageable. You'll gain confidence as you successfully comprehend each level and feel motivated to explore more challenging texts as your reading skills grow.

For teachers, Adaptive Reader provides a valuable tool to support differentiated instruction. You can assign the same novel to your entire class while ensuring each student reads a version that aligns with their reading level. This allows all students to participate in class discussions and activities, fostering a more inclusive learning environment.

For parents, Adaptive Reader offers a supportive tool to encourage your children's reading journey. As your child progresses through the different levels of a novel, they'll not only enhance their reading skills but also develop a deeper love for literature.

READING ACROSS MULTIPLE EDITIONS

All of our leveled novels include passage markers that correspond to the same content across every one of our editions. This means that passage '62' in our silver edition contains the same themes and plot elements as passage '62' in our original edition.

For teachers, this means that you can say "let's look at passage 35 together. What is the author trying to tell us here?" and all of your students will be reading the same content — but with vocabulary and syntax that's adapted to their reading level.

Our online reading tool, available at www.adaptivereader.com, gives students and teachers free access to the original text with passage markers. We encourage teachers to include close readings of the original text as part of their coursework, giving all students exposure to the rich original syntax and language of these exceptional authors.

THE POWER OF LITERATURE

At Adaptive Reader, we are committed to helping everyone experience the power of literature. So whether you're a student diving into a classic novel, a teacher looking for flexible resources, or a parent seeking ways to support your child's literacy, Adaptive Reader is here for you.

We invite you to embark on this exciting literary journey with us. Enjoy the world of stories, characters, and ideas that await you in our collection of leveled novels. Happy reading!

LETTER 1

1

亲爱的萨维尔夫人：

　　圣彼得堡，17--年12月11日。

　　我有一些好消息要告诉您。我的旅程一开始就没有遇到任何问题，尽管您很担心。我昨天安全抵达，想要让您知道我一切都好，并且对我的任务的成功更有信心了。

　　亲爱的薩薇尔夫人，

　　我已经远离伦敦很远了。当我在彼得堡的街道上散步时，寒冷的微风吹在我脸上。它让我感到强壮和快乐。你能想象这种感觉吗？这微风来自我即将前往的地方，它让我尝到那里的寒冷气候。这让我对我的计划更加兴奋和有希望。尽管人们说北极是冰冻荒凉的地方，但在我的想象中，它却是一个美丽而幸福的地方。在那个地方，玛格丽特，太阳永不落山。它永远在地平线上照耀着，给一切带来明亮的光辉。我相信之前的探险家所说的。在那个地方，没有雪和霜冻。海是平静的，我们可以航行到比地球上任何地方更神奇更美丽的地方。这个地方可能有我们从未见过的事物，就像天空未发现的星星和行星一样。在永恒光明的地方，我们能期待什么奇迹呢？也许我会发现使指南针指北的令人难以置信的力量。也许我会作出重要的关于星星和行星的观察，帮助我们更好地理解它们。我是如此好奇看到这个从未有人见过的地方。它就像一个没有人踏足的土地。这些想法是如此激动人心，以至于超过了对危险和死亡的任何恐惧。它们让我希望开始这个漫长而困难的旅程，就像孩子与朋友一起冒险时所感受到的快乐一样。即使我所想象的结果是错误的，你也不能否认我将发现的奇妙之处。我会找到一种让人们更快速地前往北极附近那些遥远国家的方法。现在需要许多个月的时间。并且，如果可能的话，我将揭示磁铁的秘密。这只有通过像这样的航行才能实现。

　　这些想法让我感到平静。现在我有了一个让我专注的目标！去这个旅程一直是我从小就最喜欢的梦想。我充满热情地阅读关于通过极地海域前往北太平洋的众多航海旅程的书籍。你可能还记得我们的叔叔托马斯有一整个书库都是关于这些航海旅程的书。这些书成为了我的灵感，但是我的父亲禁止了叔叔让我自己去进行一次。

　　就在我第一次发现诗人们的作品时，我成为一个诗人的梦想开始消退。他们美丽的文字迷住了我，把我带到了另一个世界。然而，就在那时，我继承了我的表弟的财产，我的思绪回到了我一直想要追寻的道路上。

　　自从我下定决心做现在这件事以来已经过去了六年。我开始适应艰苦的条件。我愿意面对寒冷、饥饿、口渴和缺乏睡眠。白天，我经常比普通水手们更加努力地工作，晚上，我学习数学、医学理论和其他与海洋探索有关的科学知识。我做得很出色。我不得不承认，当船长提供给我船上的第二高职位并祈求我留下来，因为他认为我那么有价值时，我感到非常自豪。

　　现在，亲爱的玛格丽特，你不觉得我应该去完成一些伟大的事情吗？我本可以过上轻松奢华的生活。我即将踏上一次漫长而艰难的旅程，我需要非常坚强。我不仅要鼓舞他人的士气，有时候还要在其他人情绪低落时提振自己的精神。

　　这是一个适合四年级读者的重写版本：
　　现在是去俄罗斯旅行的最佳时机。他们在雪地里快速地乘坐雪橇，感觉很棒，我觉得比坐英国马车好多了。如果穿上毛皮衣服，寒冷也不会太糟糕，而且我已经穿上了呢。在走动和静坐数小时之间有很大的区别，如果不动不开动，你的血液可能会冻结起来。我不想在圣彼得堡和阿尔汉格尔之间的路上冒着生命危险。

两到三周后，我将前往阿尔汉格尔。我计划在那里租一艘船，通过支付船主的保险费很容易做到。我会雇佣我需要的那么多经验丰富的捕鲸船员。不过我会等到六月才出航。我何时会返回呢？哦，亲爱的姐姐，我无法回答这个问题。如果我成功了，可能会过上很多个月，甚至是几年，我们才能再见面。如果失败的话，我会很快回来，或者可能永远都不能回来。

再见了，我亲爱而美好的玛格丽特。愿你得到上天的祝福，我也希望自己能被拯救，以便能够感恩你所有的爱和善良。

致以爱意，
R.华尔顿

LETTER 11

致英国的萨维尔女士：

17年3月28日，阿尔汉格尔。

这里的时间过得很慢，到处都是冰冷的温度和大雪！但是我已经取得了一些进展朝着我的目标。我找到了一艘船，现在正忙着收集我的水手。到目前为止，我雇佣的水手们似乎都很可靠和勇敢。

但我有一个愿望我从未能实现。现在，我感到它的缺失是一个非常大的问题。我没有朋友，玛格丽特。当我充满兴奋和成功时，没有人可以与我分享我的喜悦。如果失望来临，没有人会在我身旁支持我。我需要一个和我有相似兴趣的人来批准或改进我的计划。这样的朋友会纠正你那可怜弟弟的错误！我太渴望开始，面对困难时又太不耐烦。但对我来说更大的问题是我是自学的。直到我十四岁时，我都是在户外度过时间，只读托马斯叔叔的旅行书。直到我无法从中获益最多的时候，我才意识到我需要学习除了我的母语之外的语言。现在我已经二十八岁了，但实际上我比许多十五岁的学生还不够受教育。

这些都是无谓的抱怨。在无边的海洋上，甚至在阿尔汉格尔这里的商人和水手中，我都找不到朋友。但是有些情感，不同于普通人的品质，即使存在于这些坚强的心灵中。比如，我的副官，他勇敢而有动力。我在鲸船上第一次遇到他。当我发现他在这座城市是自由的时候，我很容易说服他加入我的冒险。

船长是一个非常善良和温和的人，在船上因为他的温和和公正而闻名。他善良的品质和无畏的勇敢让我想要聘请他加入我的团队。我是一个独自长大，在你的呵护下度过了我的童年时光，这使得我讨厌船上常见的严酷和暴力。我从不相信它是必要的。所以当我听说有一位水手以善良和尊重待遇船员而闻名时，我觉得自己很幸运他同意和我一起工作。

我第一次听到有关他的浪漫故事是从一个女士那里，这个女士因为他而获得了幸福。这是他的故事的简短版本。几年前，他爱上了一个并不富有的年轻俄罗斯女子。他从海上的奖励中赚了很多钱，女孩的父亲同意让他们结婚。但在婚礼之前，他看到他的未婚妻哭着请求他不要结婚。她承认她爱上了别人，但他很穷，她的父亲不会同意他们的关系。我们这位善良的朋友安慰她，并知道了她真爱的人的名字后，决定放手让她走。他已经用自己的钱买了一座农场，打算在那里度过余下的生活。但他给了他的竞争对手一切，包括剩余的奖金，这样他们就可以一起购买动物，开始养殖农场。然后他请求女孩的父亲让她嫁给她爱的人。但父亲拒绝了，因为他觉得自己有义务对我们的朋友负责。作为回应，我们的朋友离开了自己的祖国，只有当他听说他的前爱人与她真正爱的人结婚时才返回。"多么了不起的人啊！"你可能会说。他们确实是。但重要的是要注意到他们的受教育程度并不高。他们很安静，看起来不在乎周围的事情，这使得他们的行为更加令人惊讶，但也减少了我们可能对他们的钦佩和亲近感。

不过别以为我稍微抱怨一下，或者因为我能想象到在辛勤工作中找到一些我可能永远无法体验到的安慰，就会对我的决定感到不确定。这些决定是坚定的，所以也许我能比我想象中更快地航行。不过我不会冒任何风险。

我对即将展开的冒险既兴奋又有点害怕。我无法完全解释我所感受到的情绪交织。我正在前往未知的地方，一个充满了雾和雪的土地。但别担心，我不会犯下可能让我陷入危险的错误，就像"古航海家"的故事中的那个角色一样。你可能觉得有趣的是我提到了它，但我有一个秘密要分享。我认为我对海洋的神秘事物有着浓厚的兴趣和热情，这源自于阅读一位富有想象力的现代诗人的作品。我内心深处有一些我无法完全理解的东西。我勤奋努力、专注于自己的任务，但同时也有一部分我热爱非凡事物并相信非凡事物的一面。正是这部分引领着我远离平凡，走向即将发现的未知海域和未被探索的领土。

现在让我们回到更重要的事情上吧。在横越广阔的海洋、从非洲或者美洲最南端回来之后，我还能见到你吗？我不想抱太高的希望，但我无法忍受相反的结果。请无论何时能写信给我：有时候我真的需要你的信来振奋我的精神。我非常爱你。请记得我，即使你再也听不到我的消息。

爱你的，
罗伯特·沃尔顿。

LETTER III

13 给萨维尔夫人，英格兰。

亲爱的姐姐，17—年7月7日。

我写这个简短的纸条是为了让你知道我安全地航行并且进展顺利。这封信会通过从阿尔汉格尔返回的船只送达英格兰。真幸运，因为我可能很多年都见不到我们的家园了。但我感到很乐观。我的船员们勇敢且决心坚定，他们并不被我们看到的漂浮的冰块所吓倒。那些是前方危险的迹象。

至今为止，还没有什么激动人心的事情需要我写出来。

再见了，亲爱的玛格丽特。请放心，为了我们俩，我不会冒险。我会保持冷静、坚持和谨慎。

14 我会成功的。为什么不呢？我已经走过了这么远，驾驶着船航行在无边无际的未知海域中。就连星星都见证了我的胜利。那么，为什么不继续驶向这狂野但可控的海洋呢？有什么可以阻止一个决心坚定、意志坚强的人呢？

我的内心充满了这些想法。但是我必须在这里结束了。愿上帝保佑我的亲爱的姐姐！

R. W.

LETTER IV

给英国的萨菲尔夫人：

17年8月5日。

我们遇到了一件非常奇怪的事情，我想写下来，虽然你可能在收到这封信之前就能见到我。

7月31日（星期一），冰出现在我们的船周围，从四面八方包围着我们。我们在海上没有太多的浮动空间。这是有点危险的，因为我们同时被浓雾所困。所以我们保持静止，希望天气会变好。

大约两点左右，雾消散了，我们看到了巨大而不规则的冰原在我们四面八方伸展开来。它们似乎无尽地延伸。我的一些朋友开始呻吟，我也开始担心起来。但突然有一件奇怪的事情引起了我们的注意，让我们忘记了自己的处境。我们看到了一辆由狗拉着的小马车，向北行驶，大约离我们半英里远。有一个坐在马车里的人，看起来非常高大。我们用望远镜观察着这位旅行者迅速离开，直到他们在冰上的远处丘陵中消失不见。

这对我们来说真的是很惊奇。我们无法跟随那个人，因为冰将我们围住了，尽管我们密切注视着，我们也无法看到他去了哪里。

大约两个小时后，我们获得了自由，但我们整夜保持静止，因为我们不想在黑暗中撞到漂浮的大块冰。我利用这段时间休息了几个小时。

当早晨来临，外面变得明亮时，我走到甲板上，看到水手正在与一个人交谈。那是一辆雪橇，就像我们之前看到的那辆，它在夜间漂向我们，停在了一块大冰上。只有一只狗活了下来，但里面有一个人。他来自欧洲。当船长看到我时，他说："这是我们的船长，他不会让你们在广阔的海上丧生。"

陌生人看到我时，用一种不同的口音用英语对我说："在我上你们的船之前，请告诉我你们要去哪里好吗？"

或许你会想知道当一个处于危险中、毫无其他选择的人问我我们的船要开往哪里时，我是有多么惊讶。我以为在他的处境下，任何人都会把我的船当作救命稻草，不会再想要其他任何东西了。然而，我坦诚地告诉他我们正在探索世界的北方。

听到我的回答，他似乎很满意，同意上我们的船。哦，玛格丽特，要是你能看见这个人的状况有多糟糕就好了。他逐渐恢复了体力，我们把他裹在毯子里，放在厨房的火炉旁边暖和身子。慢慢地，他开始恢复，并吃了一碗汤，这对他的身体状况产生了显著的改变。

过了两天，他才能够说话。我担心他的苦难已经剥夺了他理解的能力。当他开始康复时，我将他带到我的舱房，尽我所能照顾他。他是一个令人着迷的人。我很难阻止船员们向他提问。但是，我不希望他在身心需要平静和安宁去康复的时候被他们的好奇心所打扰。然而，有一次中尉问他为什么会乘坐这种奇怪的交通工具在冰上走得那么远。

他的脸瞬间变得非常悲伤，回答道："为了找到一个离开我的人。"

"那个你追逐的人是不是也用同样的方式旅行？"

"是的。"

"那么我想我们看到了他。在我们发现你的前一天，我们看到一些狗拉着雪橇，上面有一个人，横穿在冰面上。"

两天过去了，他都没有说话。我担心他所受的苦难已经夺走了他理解事物的能力。当他开始好转的时候，我把他带到我的木屋里，并尽我所能地照顾他。观察他是一件很有趣的事情。我很难阻止船员们不停地向他提问。但是在他的身体和心灵需要平静治愈的时候，我不希望他被他们的好奇心所困扰。然而，有一次，中尉问他为什么他要坐着这样一辆奇怪的车子在冰上走这么远。

他的脸瞬间变得异常悲伤，他回答道："为了找到一个逃离我的人。"

"那你追赶的那个人也是用同样的方式旅行吗？"

"是的。"

"那么我认为我们看到了他。在我们找到你前的那天，我们看到一些狗拖着一辆雪橇，上面有个人。"

这引起了陌生人的注意，他对"恶魔"，正如他所称呼的人，走过的路线提出了很多问题。后来，当我们独处时，他说："我敢肯定，我引起了你们的好奇心，以及这些善良的人的好奇心，但你们太有礼貌了，不好意思问。"

"当然，询问可能会显得粗鲁和不善良。"

"但是，你们把我从一个奇怪而危险的境地中拯救出来了；你们友好地把我带回到生命中。"

之后，他询问我是否认为另一辆雪橇在冰面破碎时被摧毁了。我告诉他，我不能确定，因为冰面直到快午夜才破碎，而那个旅行者可能在那之前就安全到达了。但我不能确定。

自那时以来，陌生人展现出了对生活的新活力。他渴望站在甲板上，观察以前出现过的那辆雪橇。但我说服他待在船舱里，因为他对寒冷还太过虚弱。我保证会有人替他守望，并随时告诉他是否有任何新的情况出现。

以下是关于这奇怪事件的发展。陌生人的健康状况越来越好，但他很少说话，当除了我之外的任何人进入他的房间时似乎都很担心。然而，他非常友好和善良。我感到同情和怜悯他，因为他总是忧伤。他过去一定是一个令人印象深刻的人，即使现在身败名裂，他仍然迷人可爱。

之前我提到过，亲爱的玛格丽特，我在广阔的大海中不会找到朋友。然而，我找到了一个我愿意称之为兄弟的人。

每当有新事件要报告时，我将继续在日记中记录关于这陌生人的情况。

17年8月13日。

我对我的客人的爱意每天都在加深。他所经历的痛苦让我又惊又伤。看到这样一个高尚的人被悲惨摧毁，我的心都碎了。他温文尔雅又睿智，心思聪明。说话时他字字斟酌，但他讲话快而熟练。

他现在好多了，在甲板上待了很长时间，观望着曾经拉过他的那只雪橇。尽管他很伤心，但他仍然关注着其他人在做什么。他与我谈过我的计划，我也坦诚地告诉了他一切。他认真听我解释为什么相信我会成功，以及我为实现这个目标所采取的每一个步骤的细节。他的理解和同情使我从内心深处说出，表示我会为了我的计划付出多少。我说我甚至愿意牺牲我的金钱、生命和所有希望。我相信，为了我所渴望的知识和对抗我们的力量所获得的掌控，一个人的生死成本微不足道。当我讲话时，他的脸色变得阴沉。起初，他试图用双手遮住眼睛来隐藏他的情感。但我看到了泪水滑落。他沉重的胸口发出一声深深的叹息。我停止了讲话。最后，他声音颤抖地说道："可怜的人啊！你和我一样疯狂吗？你也尝过了那令人陶醉的饮料吗？听我说——我会告诉你我的故事，而你将拒绝喝那杯"

这些话合理地让我感到好奇。但这位陌生人因悲伤过度，需要几个小时的休息和平静的谈话才能恢复平静。

一旦他控制住情绪，他似乎厌恨自己被情感操控。他把绝望放在一边，开始谈论起我个人。他询问了我的早年生活，我迅速讲述了我的故事。但这使我开始思考其他事情。我谈到了对寻找朋友的渴望，一个能与我在更深层次上建立联系的人，而不是我之前见过的任何人。我相信没有这样的友谊会使人不快乐。

"我同意你的观点，"陌生人说道。"如果没有比我们更睿智、更优秀、更亲爱的人来帮助我们变得更好，我们将是不完整的人。我曾经有一个朋友，他是我所认识的最好的人，所以我可以判断出友谊是什么。你还有希望，整个人生都在面前，所以没有理由感到绝望。但是对我来说…我失去了一切，无法重新开始。"

当他说这话时，他的脸上流露出深深的悲伤，触动了我的内心。但他没有再说其他的话，回到了他自己的舱房。

尽管他感到失落和悲伤，但他仍然能欣赏大自然的美丽。他有着两种存在方式。他可能经历困难和失望，但当他独处时，他会变成像天上的精灵一样。他身上有一种特殊的光芒，能让悲伤和愚蠢远离。

你觉得我在谈论这位了不起的旅行者时是否太兴奋了？如果你见过他，你就不会这样认为。我一直在想是什么让他比我所认识的其他人更出色。我觉得这是因为他能迅速理解事物。他也擅长说话。

17年8月19日。

昨天，那个陌生人告诉我："你能看到，瓦尔顿上尉，我经历了可怕而难以想象的不幸。过去我曾决定将这些艰难带入坟墓，但你已经改变了我的想法。像我一样，你追求知识和智慧，我相信你可以从我的故事中找到有价值的教训。这个教训如果你成功完成使命，会指引你；如果失败了，会给你安慰。准备好听一些非凡的事情吧。"

当他提出分享他的故事时，我感到非常高兴。但是，我不希望他因为重新叙述他的悲伤经历而受苦。我真的很好奇，如果有可能的话，我也想帮助他。我告诉他我的感受。

"谢谢你，"他说，"感谢你的关心，但这不会有任何改变。我的命运已经快要尽头了。我只等待着最后一件事情发生，然后我就可以最终安息了。我理解你的感受，"他看到我想要说些什么。"但是如果你认为任何事情都能改变我即将发生的事情，那你错了。让我与你分享我的故事，你就会看到它已经决定好了。"

他告诉我他会在我有空的时候，第二天开始讲他的故事。我非常感谢他的承诺。每天晚上，如果我没有太多工作要做，我会尽力记下他告诉我的内容。他的故事一定很奇怪而且令人痛苦。

CHAPTER 1

我出生在日内瓦，我的家人在那里备受尊敬。我的祖先在政府中担任重要职务，我的父亲也光荣地为公众服务。认识他的人都因为他的诚实和勤奋而尊敬他。他在大部分年轻时期都专注于国家事务，各种因素延迟了他的婚姻直到晚年。

我想与你分享一个和我父亲有关的故事，那是他的婚姻的伟大例子。他最好的朋友是一个叫贝福的商人，曾经很富有，但因为很多问题变得贫穷了。贝福以及他的女儿搬到了卢塞恩，一个没有人认识他、生活贫穷的小镇。我父亲非常关心贝福，非常难过看到他遭受这样的困境。我父亲立即行动起来，毫不拖延，希望找到贝福，劝他接受自己的帮助和支持，重新开始生活。

贝福特小心翼翼地隐藏自己，所以我父亲花了十个月才找到他。当他终于发现贝福特的住处时，他非常高兴。然而，当他走进去时，他只看到了悲惨和绝望。贝福特从他毁了的生活中设法省下了一点点钱，这些钱可以让他撑过几个月。在那段时间里，他希望能在一个商人家里找到一份像样的工作。可惜的是，他找不到任何工作，而且他越多时间思考自己的处境，他的悲伤就越多。三个月后，他病倒了，什么都做不了。

他的女儿卡罗琳·贝福特用极大的爱和温柔照顾着他。但她无助地看到他们有限的钱快用完了，他们没有其他方式来维持生计。然而，卡罗琳是一个非常坚强、聪明的人，她找到了一些方法来赚点钱，勉强维持生活。她做平面缝纫，用各种方法来编织稻草制品，想尽一切办法来维持生计。

30　　过了几个月，卡罗琳的父亲变得越来越病重，所以她花更多的时间照顾他。他们的生活费用越来越少。最终，在十个月后，她抱着父亲，看着他走向了另一个世界。现在，她变得孤单无依，没有钱。这对她来说是最沉重的打击，她跪在父亲的棺材旁边，放声大哭。就在这时，我的父亲走进房间。他对这个可怜的女孩而言就像个守护天使。她相信他会照顾她。在父亲下葬后，他带她去了日内瓦，并确保她在亲戚家中安全。两年后，我的父亲和卡罗琳结婚了。

31　　我爸爸和妈妈年龄相差挺大的。爸爸对妈妈心怀深深的感激和钦佩，所以他对待她总是特别温和、特别体贴。他总是把妈妈的愿望和舒适放在第一位，就像园丁为了保护娇弱的花朵不受严寒风雨侵害一样。爸爸给她创造了一切能带来喜悦和幸福的事物，因为她是一个善良温柔的人。但是，她所经历的一切已经削弱了她的健康和精神。在他们结婚前的两年里，爸爸渐渐放弃了他的重要职责。婚后他们决定去意大利，那里的气候非常宜人，希望这个环境的改变能帮助妈妈重新恢复体力。

32　　从意大利，他们参观了德国和法国。我作为他们的长子出生在那不勒斯，并且还是婴儿时就与他们一起旅行。在接下来的几年里，我是他们唯一的孩子。他们深深地爱着对方，给予我无尽的关爱。我记得母亲轻柔的触摸和父亲看着我的温暖微笑。我是他们的玩具，他们的宝藏，最重要的是，他们的孩子。他们相信我是上天赐予他们的礼物，托付给他们来培养和引导走向幸福的人生。他们完全意识到自己的责任，并珍惜塑造我的未来的机会。从我很小的时候起，他们就教会我耐心、善良和自我控制，用爱和关怀来引导我。多亏他们，我的童年充满了快乐和幸福。

33　　很长一段时间，我是他们唯一的牵挂。妈妈一直很想要一个女儿，但我是他们唯一的孩子。当我大约五岁的时候，我们去了意大利境外的旅行，度过了一个星期在科莫湖畔。因为他们的善良本性，我的父母经常去探望那些不幸的人家。这对我妈妈来说并不只是一种责任感，而是一种内心的驱使。她自己曾经经历过苦难，想要帮助那些需要帮助的人。在我们散步的时候，我们来到一个被山谷藏起来的非常悲伤的小屋。周围有几个衣着简陋的孩子聚集在一起，这是极度贫困的象征。有一天，当我的父亲去了米兰，我和妈妈去探访这个家庭。在屋子里，我们发现了一个辛勤劳作的农民夫妇正努力养活他们五个饥饿的孩子。但是在所有的孩子中，有一个引起了我的妈妈的注意。她似乎与其他人不同。那四个黑眼睛的孩子都是顽强的小流浪者，但是这个孩子却苍白而柔弱。她的头发是最亮最金黄的，尽管衣服破旧。她的额头光滑而宽阔，眼睛明亮而湛蓝，脸上充满了情感和善良，任何看到她的人都禁不住认为她是特别的，就像她是从天堂派来的，她的每一个特点都散发着天使般的光辉。

这位农妇注意到我妈妈对这个美丽女孩的好奇和惊讶，所以她热切地分享了她的故事。这个女孩并不是她亲生的孩子，而是来自米兰的一个贵族的女儿。她的母亲是德国人，在她出生后就去世了。这个宝宝随后被安排在这对善良的夫妇那里照顾。那时候他们的生活条件还不错。他们刚刚结婚不久，他们的第一个孩子才刚刚出生。这个女孩的父亲是一位深爱着意大利辉煌过去的意大利人。他为了解放自己的国家而不懈奋斗，但不幸的是他成为了国家腐败的受害者。他是否死亡或者仍被奥地利监禁至今尚不清楚。他的财产被政府拿走，让他的孩子成为了孤儿和乞丐。她留在她的养父母身边，在他们朴素的家中茁壮成长，像一朵美丽的玫瑰在一丛黑暗的灌木丛中脱颖而出。

当我父亲从米兰回来的时候，他发现我在我们家的大厅里和一个孩子一起玩耍。这个孩子比画里的天使还要美丽。她的容貌明亮动人，举止优雅。我们很快就了解到她的身份。我的母亲问那对善良的夫妇是否愿意把她给我们。他们爱着这个可爱的孤儿，但他们知道让她生活在贫困中是不公平的，因为她有更好的生活在等待着她。他们和村里的神父商量后，决定让伊丽莎白·拉文扎过来和我们一起生活。她成了我的更多。

伊丽莎白受到每个人的喜爱。每个人都欣赏和珍爱她，这让我为能分享他们的感受而感到骄傲和快乐。在她来到我家的前一晚，我妈妈开玩笑地说："维克多，我给你一个漂亮的礼物，明天你会得到它。"第二天，当我妈妈把伊丽莎白当作她特别的礼物介绍给我时，我字面上理解了她的话，把伊丽莎白视为需要保护、爱护和照顾的人。我们互相称呼为表亲，但这个词无法完全描述我们之间特殊的关系。她对我来说不仅是妹妹，而且会永远属于我，直到死亡。

CHAPTER 11

我们一起长大。我们总是和谐相处，我们不同的个性却使我们更加亲近。Elizabeth性格沉稳，心思专注，而我更加热情，对知识更加渴望。当Elizabeth欣赏周围的一切美丽时，我喜欢去弄清事物为什么会发生。世界对我来说像一个我想解开谜团的秘密。我充满好奇，总是在研究和试图理解自然的隐藏规律。当我发现这些秘密时，我感到的喜悦和兴奋是我最早的记忆之一。

当我弟弟出生的时候，我已经七岁了，父母决定停止旅行，在我们的祖国安定下来。在日内瓦，我们有一座房子，还有一座叫贝尔里夫的乡间别墅，位于湖的东岸，距离城市有一英里多一点。我们大部分时间住在贝尔里夫，父母过着相对隐居的生活。我总是更喜欢避开人群，而是与几个人建立起深厚的友谊。我并不太在意我的同学们，但是我和其中一个同学关系非常亲密。亨利·克拉维尔是一位来自日内瓦的商人之子，他非常有才华和想象力。他喜欢冒险、挑战，甚至为了刺激而冒险。他读过很多关于骑士和浪漫故事的书。他会写英勇之歌，开始创作许多有关骑士和他们冒险的迷人故事。他甚至试图让我们在戏剧中扮演角色，穿上服装，假装成罗尔斯瓦尔斯的英雄、亚瑟王圆桌上的人物，以及那些为了拯救圣地而与异教徒战斗的勇士。

我过着非常快乐的童年。我的父母总是友善而理解。他们并没有控制我们的一切，但是给了我们许多美妙的经历。当我把我的家庭与其他人比较时，我意识到自己是多么幸运。这让我非常感激并更加爱我的父母。

有时候，我会对某些事情感到非常生气或充满激情。但与其只对孩子们感兴趣，我更渴望学习。但不是任何事物。我对语言、政府或政治不感兴趣。我想要了解世界的秘密，无论是事物的物理特性还是自然和人类背后的深层意义。我的问题都集中在超自然或世界的神秘之处。

与此同时，克莱瓦尔专注于生活中的道德方面。他对人们的英勇事迹和行动感兴趣，渴望成为其中一员。伊丽莎白，拥有着圣洁的灵魂，给我们平静的家带来了温暖和光明。她的善良、微笑、温柔的声音以及眼中的爱意，触动了我们所有人。她的存在使我变得温和、不会因为我那热情的天性而变得太认真或粗糙。至于克莱瓦尔，他高尚的精神始终不受负面影响。

我喜欢回忆童年的记忆。那时候，还没有发生坏事之前，我的头脑里充满了改变世界的美好梦想。但随着时间的推移，我的思想越来越专注于自己，并逐渐失去了光彩。回首早年，我意识到某些事件导致了后来那个悲伤的故事。就像大多数事情一样，小事情引发了更大的事件。

自然哲学的研究决定了我的命运。在讲述我的故事时，我想解释一下让我热爱这门科学的事情。十三岁的时候，我和家人去旅行。因为天气不好，我们在旅馆里待了一天。在那里，我发现了一本由科内利厄斯·阿格里帕写的书。起初，我对它没有太多兴趣地随便翻了翻。但当我读到他试图证明的观点和他谈论的不可思议的事物时，我变得非常兴奋。就像一道明亮的光芒在我的脑海中闪耀，我无法控制我的喜悦。我立刻告诉了我父亲我发现的事情。然而，当他漫不经心地看了一下这本书的标题后，他说："哦，科内利厄斯·阿格里帕！我亲爱的维克多，不要把时间浪费在这上面。这本书不值得一读。"

如果我爸爸当时向我解释说，阿格里帕书中的思想已经不再被人们认可，现在有更好、更实用的科学体系，我就会停止读阿格里帕的书，专心学习其他科目。然而，我爸爸并没有真正看过我正在读的那本书，所以我不确定他是否知道书中内容。于是，我继续热切地阅读着。

当我回到家后，我做的第一件事就是找到这位作者的所有书籍。尽管现代科学家们做了很多艰苦的工作，并做出了惊人的发现，但在学习之后，我总感到不满足。艾萨克·牛顿爵士曾经说过，他觉得自己就像是在广阔而未被探索的真理之海边捡贝壳的孩子。我了解的其他科学家对我来说也只是像我一样的初学者。

普通人能看到他们周围的事物，并知道如何实用地使用它们。最有知识的科学家们也不过如此。他们已经开始了解一部分自然的奥秘，但还有很多我们不知道的东西。

回到家后，我首先做的事情就是把这个作者的所有书都找来。现代的科学家们辛勤工作并取得了惊人的发现，但在学习完后我总是感到不满意。艾萨克·牛顿爵士曾说过，他觉得自己就像在广阔无垠、未被探索的真理之海边收集贝壳的孩子。我所知道的其他科学家对我来说也只不过是初学者，就像我一样。

普通人可以看到周围的事物，并且知道如何实用地运用它们。最博学的科学家们也并不比普通人多知道多少。他们已经开始了解一些自然的奥秘，但我们仍有许多不知道的东西。

我也有其他的幻想。我最喜欢的作家们声称他们可以召唤鬼魂或恶魔，我非常渴望看到这种事情发生。尽管我的尝试总是失败，但我相信这是因为我还不够有经验，而不是因为我的老师们缺乏技巧或诚实。因此，我花了很多时间研究过时的想法，混合了相互矛盾的理论，努力理解一堆知识的混乱。我的想象力和年轻的头脑引导我穿越这个令人困惑的迷宫。

当我大约十五岁的时候，我和我的家人住在我们在贝尔里夫附近的房子里。有一天，我们见证了一场强大而可怕的雷雨。暴风雨来自于朱拉山脉。突然，我看到一道光从我们房子大约二十码远的一棵古老而美丽的橡树上闪现。亮光消失后，橡树也消失了，只剩下一个被烧焦的树桩，大部分被撕成细条。

在这件事发生之前，我已经对基本电学有一些了解。那时，我们身边有一个很懂自然哲学的人，他对这个事件非常兴奋。他开始向我解释一种关于电学和电镀的新奇理论。他所说的让我所敬佩的伟大思想家，如科内利斯·阿格里帕、阿尔贝图斯·马格努斯和巴拉塞尔斯，显得不那么重要了。可惜，听他讲课让我对我平时学习的科目失去了兴趣。感觉好像永远也不会知道或理解了。曾经让我着迷的一切突然间显得不那么重要了。在我们年轻时经常发生的奇怪心态转变中，我立即放弃了我以前的兴趣。我决定自然历史及其相关的一切都是一文不值和丑陋的。我也对这样一个永远无法真正了解世界的所谓科学产生了强烈的厌恶。在这种心境下，我转向了数学及其相关科目。我相信它们是建立在坚实基础上的，值得我去关注。

47　我们的灵魂有着独特的构造，而我们的命运也可能因为一些微小的事情而决定。仿佛我的选择是由我的守护天使引领的。

这是善意力量的强烈尝试，但不幸的是，并没有成功。命运太过强大，它那不可改变的法则已经决定了我的彻底而可怕的崩溃。

CHAPTER III

当我十七岁时，我的父母决定我应该去因戈尔斯塔特大学继续我的教育。在那之前，我一直在日内瓦的学校。但是我的父亲认为让我在自己的祖国以外经历不同的风俗习惯是很重要的。我们确定了我离开的早日。然而，在那一天来临之前，我人生中的第一次悲剧发生了。这感觉像是将来等待着我的不幸的一个征兆。

伊丽莎白患上了丹毒，情况非常危险。很多人都试图说服我妈妈不要照顾她。起初，她听我们的劝告而远离了，但当她发现伊丽莎白的生命岌岌可危时，她已经控制不住内心的担忧了。她照料着她，细心的照料战胜了疾病。伊丽莎白康复了，但不幸的是，我妈妈也病了。她的发热非常严重，医生们担心会出现最糟糕的结果。即便临终时，我妈妈仍然坚强而善良。她把伊丽莎白和我聚在一起，说：“孩子们，我一直希望你们俩能幸福地结婚。现在，你们的父亲可以从中找到慰藉。伊丽莎白，亲爱的，你要照顾好我的年幼子女们。让我舍不得离开你们，因为我一直很幸福，很受爱。但是，这样的念头对我来说不对。我会尽量接受死亡，并希望在另一个世界再次见到你们。”

她平静地去世了，即使在死亡中，她的脸上都流露着爱。

我不需要解释当你失去一个你非常爱的人时的感受。它创造了一个空虚。但随着时间的推移，你意识到这个损失是真实的，悲伤的痛苦变得更加强烈。但有谁没有经历过失去亲人的痛苦呢？我不需要描述每个人都曾经感受过和将来会感受到的悲伤。我母亲离开了，但我们仍然有责任要履行。我们必须继续前进，并觉得自己很幸运，因为还有一个我们尚未失去的人。

51　　我计划去英戈尔斯塔特。我请求爸爸再给我几个星期时间。我不想离开这些还在身边的人，尤其是我亲爱的伊丽莎白，我希望她能找到一些安慰。

　　她努力隐藏自己的悲伤，成为我们所有人的安慰。她勇敢地面对生活，承担起自己的责任。她专注于照顾我们的叔叔和表兄弟姐妹。她甚至忘记了她自己的悲伤，而努力使我们忘记我们自己的悲伤。

　　最终，离别的那一天到来了。克勒瓦尔和我们一起度过了最后一个晚上。他曾试图说服他的父亲让他和我一起去，但他的父亲对他的梦想和抱负看不到任何价值。亨利深感悲伤，因为他不能接受更广泛的教育。他没有说太多，但我能看出他执着而充满灵感。

52　　我们熬夜了。我们不想离开彼此，也不想说"再见"的那句话！最后，我们说出了那句话，但我们假装去睡觉，以为对方被欺骗了。我走下了要带走我去的马车。克莱瓦尔再次紧紧握着我的手，伊丽莎白要我经常写信，她最后一次拥抱我，关心我，她是我童年时代的伴侣和朋友。

53　　我上了马车，一个人独自坐着。当我上大学的时候，我将必须结交新朋友并照顾自己。我一直生活在一个被保护的环境中，习惯了相同的面孔，所以身边都是陌生人的想法让我感到不安。现在，我的愿望终于实现了，任何后悔都是愚蠢的。

　　在旅途中，我有很多时间思考这些事情以及更多其他的事情。我下了马车，被带到了自己的小房间，我可以随心所欲地度过这个晚上。

54　　第二天，我把拿到的信件交了上去，然后去拜访一些重要的教授。偶然间，我遇到了克雷姆普先生，他是一位自然哲学教授。他是个奇怪的人，但在他的领域里非常博学。他问了我一些关于自然哲学方面的问题。我没太在意，随口提到我曾经研究过炼金术士的著作。教授非常震惊，问我是否真的浪费了时间在这些无用的东西上。

我告诉他我确实是这样。克雷姆普先生变得激动起来，说道："你在这些书上花的每一分钟都是彻底浪费。你充满了过时的观念和无用的名字。你竟然住在一个没有人告诉你这些观念已经古老且无关紧要的地方，真是令人难以置信。在这个启蒙和科学的时代，你竟然还追随阿尔伯图斯·马格努斯和巴拉塞尔斯等人的教导。亲爱的先生，你需要从头开始学习。"

第二天，我把收到的信件送了出去，然后去拜访了一些重要的教授。偶然间，我遇到了克兰普先生，一个自然哲学的教授。他是个奇怪的人，但在他的领域里非常有知识。他问了我一些关于自然哲学的问题。我没太在意，随口提到我曾经研究过炼金术士的作品。教授吃了一惊，问我是否真的浪费了时间在这些废话上。

我告诉他是的。克兰普先生愤怒地说："你在那些书上浪费的每一分钟都是完全的浪费。你把你的头脑塞满了过时的观念和无用的名字。你怎么能在一个没有人告诉你这些观念古老而无关紧要的地方生活呢？在这个启蒙和科学的时代，你竟然还追随亚伯拉罕斯·马格努斯和巴拉塞尔斯这样的人的教导。亲爱的先生，你需要从头开始学习。"

我回到家感觉还好，毕竟我已经对教授不喜欢的那些作者没有太多兴趣。但这次遇到让我不再想学那些学科。克伦普先生是另一位老师，对我不太友好。我觉得现代自然哲学的研究是无用的。过去不同，科学家追求不朽和权力。即使那些想法最终没有实现，也令人印象深刻。但现在情况变了。科学家似乎只关心证明那些想法不存在，这让人失望，因为正是这些东西吸引了我对科学的兴趣。他们让我放弃令人兴奋的可能性，去追求无聊的现实。

我回到家后感觉还好，因为我早就不太喜欢那些教授不喜欢的作家了。但是这次的经历并没有让我更想学那些科目。另一位老师克伦佩先生对我一点儿也不友善。我认为现代自然哲学的研究是没有用的。以前科学家们追求长生不老和力量的时候是不一样的。即使这些想法最后没有实现，也是令人印象深刻的。但是现在情况完全不同了。科学家们似乎只关心证明这些想法是不存在的，这太令人失望了，因为正是这些东西让我对科学产生了兴趣。他们要我放弃令人兴奋的可能性去追求无聊的现实。

"这门科学的老教师，"他说，"承诺了无法实现的事情，一事无成。现代专家则作出了更加谦虚的声明。他们知道金属是不能变成其他物质的。他们深入研究自然的奥秘，揭示它在隐秘之处的运行方式。他们探索天空，发现血液循环的规律，了解我们呼吸的空气的本质。他们获得了新而几乎无限的力量。他们能掌控雷声，模拟地震，甚至创造看不见的世界的幻象。"

这是教授的话语——或者说是命运的话语——以摧毁我。随着他继续讲话，感觉就像我的灵魂在战斗。他一一触及我存在的不同方面，唤醒了我的思维，将我的心灵转化为一个单一的思想、概念和目标。"已经取得了如此多的成就，"弗兰肯斯坦的灵魂宣告，"但我将取得更多。在已经铺就的道路上前行，我将开辟一条新的道路，探索未经发现的能力，并向世界揭示创造的最深秘密。"

那天晚上我怎么也无法入睡。我的内心一片混乱和动荡，我希望能够找到秩序。但是我无法让它发生。渐渐地，当新的一天开始，终于我才入睡。当我醒来的时候，感觉前一晚的思绪只是一个梦。剩下的只有一个决心，回到我以前的学习上，专注于一门我相信自己有天赋的科学。当天，我去拜访瓦尔德曼先生。他在私下比在公共场合更加友善和热情。在他自己的家里，他取代了在讲座中的庄严，而是展现出温暖和善意。我跟他几乎和他的同事说了相同的过去学习的故事。他专注地听着我的小故事，并对科内留斯·阿格里帕和巴拉塞尔斯的名字微笑着，但没有M·克伦普所表现出的轻蔑。他说："我们应该怀着无尽的感激，这些人的孜孜不倦的探索使我们得到了我们的知识。他们为我们铺平了道路，使我们能够给予新的名字并组织他们帮助我们揭示的事实。即使是那些误入歧途的才华非凡之人的工作，最终也几乎总是对人类有益。"我倾听他说的话，没有任何伪装或傲慢。然后，我向他请教有关应该购买哪些书籍的意见。

"我很高兴，"瓦尔德曼先生说，"找到一个像你这样的学生。如果你努力学习，我相信你会成功。化学是一个科学领域，过去和现在都有很大的进展。这就是我专注于研究它的原因。但我也没有忽视其他科学领域。如果你想真正成为一个科学家，而不仅仅是一个小规模的实验者，我建议你探索自然哲学的所有分支，包括数学。"

在我们的对话之后，瓦尔德曼先生带我去了他的实验室，向我展示了他的机器是如何工作的。他告诉我我需要的设备，并答应在我在学习中进步到一定程度后让我使用他的机器。他还给了我我所要求的书单。就这样，我告别了他。

这一天对我来说非常重要，它决定了我的未来道路。

CHAPTER IV

⁶¹ 从那天起，我几乎完全专注于学习自然哲学，尤其是化学。我热切地阅读了那些写过这些科目的现代思想家的著作。我参加讲座，认识了大学里的科学家。尽管克伦普先生看起来样子和风度都不怎么好，但他对实际知识有很多宝贵的经验。但是瓦尔德曼先生才是真正成了我的朋友。他很亲切。他把困难的理论解释得很容易理解，并且指引着我。我经常在实验室工作到天亮，对学习如此专心致志，甚至忽略了白天的星星在光明中消失的事实。

⁶² 我努力工作，所以我取得了快速的进步，这一点很容易理解。学生们对我的热情感到惊讶。这样过去了两年，期间我一次也没有去过日内瓦。我完全沉浸在做一些令人兴奋的发现中。在这两年结束时，我甚至对某些化学仪器进行了一些改进，这在大学里为我赢得了很多尊重和钦佩。这时候，在因戈尔施塔特的教授们那里我已经学到了我能学到的一切。既然呆在那里已经没有帮助我，我想回到我的朋友和家乡。但是，发生了一件事情让我延长了逗留的时间。

⁶³ 吸引我特别注意的其中一件事是人体的结构。为了理解生命的原因，我们必须先了解死亡。我开始了解解剖学的知识，但这还不够。我知道我需要看到一个身体是如何腐烂的。在我

的教育中，父亲一直十分小心地让我不被超自然的恐怖所影响。然而，现在我被迫去观察这种腐烂的原因和进展，不论白天黑夜。我看到人的美好形态如何被糟蹋和消耗。我停下来，仔细分析所有与因果关系有关的细微之处，例如从生到死的变化，从死到生的变化，直到在这黑暗之中突然有了一丝光明。我简直不敢相信，我竟然是那个注定要发现如此惊人秘密的人之一。

请记住，我并不是一个疯狂的人在描述自己的幻觉。在经过日夜的辛勤工作和疲惫后，我成功地发现了制造一个充满生命力的物体的方法。

一开始我对这个发现感到非常惊讶，但很快就转为了欣喜和沉迷。这个发现如此伟大和震撼，以至于我逐渐前进的每一步都被抹去，只剩下了结果。自从世界创造以来，这一直是最聪明人们的研究和渴望的东西，而现在它已经近在咫尺。不过，并不是一下子像魔术一样展现在我的眼前：我获得的信息更倾向于引导我在指向我搜索的目标之际，让我努力不懈，而不是已经完成了那个目标。

朋友，我能看出你有一颗好奇的心，想知道我所知道的秘密。但是我不能直接告诉你。请耐心听我讲完整个故事，你就会明白为什么我要保守这个秘密。我不想再像以前那样把你引向危险的道路，最终只会带来毁灭和痛苦。请从我的经验中汲取教训，即使不听我的建议，也请理解追求过多知识的危险。一个人能够满足于自己的小镇，不追求超出自己天赋的事物会更好。

当我第一次发现我有这种不可思议的力量时，我无法决定如何使用它。创造一个拥有纤维、肌肉和血管等复杂部分的身体是一项艰巨的任务。起初，我想知道是应该创造一个像我自己那样的存在，还是一个更简单的生物。但是，我对最初的成功非常自信和兴奋，我相信我能够创造出一个像人类一样复杂而令人惊叹的生物。我手头的材料似乎不足以完成这个充满挑战的任务，但我相信我最终会成功。我知道在这个过程中会遇到很多困难，并且我的工作可能不会完美，但我相信我的尝试会为未来的成功奠定基础。我没有将我计划的规模和复杂性视为放弃的理由。怀着这些想法，我开始创造一个人类。因为微小的细节让我进展缓慢，我改变了最初的计划，决定制造一个巨大的生物，大约有八英尺高。在做出这个决定后，我花了几个月时间收集和整理材料，开始了我的工作。

我初次体验到成功时，内心涌起了一股强大的情感冲动，就像一阵猛烈的风。生与死仿佛是我想要突破的界限，给我们黑暗的世界带来光明。我想象着创造一个新的物种。想到这些，我相信如果我能给无生命的物体注入生命，也许，随着时间的推移（尽管我现在知道这是不可能的），我可以使那些被认为已经死亡和腐烂的身体重获新生。

这些想法让我一直坚持着，努力地工作在我的项目上。我花了很多时间学习，脸色苍白，身体因为长时间待在一个地方而变得瘦弱。有时候，当我离成功很近的时候，却遭遇失败。但是我从未放弃希望。我相信明天甚至下一个小时可能带来我所需要的突破。我有一个只有我知道的秘密，它是驱动我所有努力的力量。我在夜深人静时工作，月亮是唯一的见证，不知疲倦地探索着自然的奥秘。这是令人恐惧而邪恶的过程。我篡改坟墓，用活生生的生物给无生命的黏土注入生命。这些时刻的回忆现在让我心力交瘁，但那时，我被一种不可抗拒的、几近疯狂的冲动所迷住。我完全专注于这一个目标，以至于感觉我的灵魂和感官完全失去了。就像我陷入了一种恍惚状态，但一旦这种不自然的驱动力停止，我又回到了原来的自我。我从墓地收集骨骼，用肮脏的双手亵渎了人体的神圣秘密。我在房子顶楼有一间独立的工作室，与其他房间隔离开来。它堆满了我恶心的创造所需的工具和材料。我对工作如此痴迷，以至于我的眼睛几乎要从眼眶里掉出来，我会注意到每一个细节。我从解剖室和屠宰场搜罗材料。有时候，我自己都无法忍受我的行为，但我的渴望驱使着我继续前行，一步步接近完成我的作品。

夏日悄悄过去了。大自然从未如此美丽过。和以往一样，我的感受让我忽略了周围的景色，也让我忘记了那些已经遥远无比、已经好久不见的朋友们。我知道我的沉默让他们心烦意乱。我清楚地记得我父亲说过的话："我知道只要你自己过得开心，你就会想着我们并且会定期联络我们。但如果你的通信中出现了间断，那就说明你对其他的职责同样疏忽了。"

我还以为我父亲会责备我疏忽了，但现在我看到他是有道理的。一个完美的人应该永远拥有宁静和平静的心境，不让强烈的情绪或短暂的欲望打扰他们的平静。我相信这也适用于追求知识。如果你研究的科目让你对带来纯粹快乐的简单乐趣失去兴趣，那这门学问就是错的，也就是说它对人类的心灵不好。然而，如果每个人都遵循这个规则，不让任何事情干扰他们对家庭和平与爱的热爱，我们将失去很多东西。

但是我忘记了我正在给生活建议，而最激动人心的部分正在发生，你们的表情提醒我继续讲述。

我父亲在信中并没有责备我，但他却注意到了我的沉默，并比以前询问我在做什么。整个冬季、春季和夏季，我太过专注于工作，忽略了盛开的花朵和茂密的树叶所带来的美丽，这些曾经给我带来了无尽的欢乐。当我接近项目的尾声时，树叶已经凋零了。然而，我并不像一个享受自己最喜欢的活动的艺术家，我更像是一个为了矿井或其他不愉快的工作而辛苦劳作的奴隶。每天晚上，我都会受到慢性发烧的困扰，变得极度焦虑。我害怕工作对我的身体造成的损害。然而，我相信一旦完成我的作品，运动和娱乐将帮助我从疾病的早期阶段恢复过来。我期待着这两件事情。

CHAPTER V

 一个阴郁的十一月夜晚，我看到了我所有辛勤工作的结果。我被如此的焦虑填满，几乎感到了痛苦。我收集了使一物之物重获生命所需的工具。已经是凌晨一点了，雨水悲伤地敲打着窗户。我的蜡烛几乎熄灭了，但在昏暗的光线中，我看到了那个生物黯淡的黄色眼睛睁开。它努力呼吸，四肢不受控制地抽动着。

我无法完全描述我在这个可怕时刻所感受到的复杂情绪，或者传达出这个可怕的生物的样子。它的四肢大小合适，面部特征本该是美丽的。但哦，亲爱的上帝！它的黄皮肤勉强掩盖住了肌肉和血管。它有着闪亮的黑色飘逸的头发和珍珠般的白牙。但是这些所谓的奢侈只是与它的水汪汪的眼睛形成了鲜明的对比，几乎与它坐落在其中的苍白眶中眼睛的颜色相同，以及它的皱纹肤色和黑色的嘴唇形成了恐怖的对比。

 我付出了差不多两年的努力，唯一的目的就是给一个无生命的身体注入生命。为此，我剥夺了自己的休息和健康。我尽力而为，但是当我睡觉时，梦境却异常狂野。我仿佛看到伊丽莎白在因戈尔斯塔特的街道上行走，身体健康得令人高兴而又惊讶。我欣喜地拥抱她，却在我亲吻她的嘴唇时，她的嘴唇变得苍白如死人之色；她的面容似乎发生了变化，我以为我抱着我死去的母亲的尸体。然后，我看到了那个可怜的怪物——我创造出来的可怜的怪物。他拉起了窗帘，他的眼睛，如果可以这样称呼，定定地盯着我。他张开嘴巴，喃喃自语。我在我居住的房子的庭院里找到了避难所，在那里我整晚都在忐忑不安地来回走动，紧张地倾听着，每个声音都让我心生恐惧，仿佛在宣告着那个注定带来恶魔般恐怖的怪物向我靠近的来临。

哦，不！没有人能忍受那张可怕的脸。即使是复活的木乃伊也不会像那个怪物那样恐怖。我度过了一个完全痛苦的夜晚。有时候，我的心跳得如此快而有力，我可以感觉到它在每一根血管中的跳动。而有时，我感到如此虚弱和精疲力尽，几乎无法站立。除了这种恐怖之外，我还感受到了深深的失望。曾经给我带来快乐和安慰的梦境现在成了一个活生生的噩梦。一切变化如此迅速，我完全不知所措。

最终，早晨来了，阴沉而多雨。我用疲惫而疼痛的眼睛望出去，看到了英戈尔斯塔特的教堂，它的白色尖塔和显示已经六点的钟。门卫打开了庭院的大门，在那里我找到了临时的避难所度过了那个夜晚。我走出街头，快步行走，仿佛试图避开我恐惧的那个怪物可能出现在任何一个角落。我不敢回到自己的房间，所以我感到不得不不停地前行，尽管雨水从暗沉的天空倾泻而下。

我一直这样走了一段时间，试图分散我的注意力，摆脱那沉重的负担。我在街上漫无目的地闲逛，不知道我在哪里，做了什么。我充满了恐惧，心跳加快。我匆忙前行，不敢四处张望。

感觉自己独自行走在一条黑暗可怕的道路上。我一直向前走，不敢转头，因为我知道一只可怕的生物就在我身后。

这样继续走，直到我到达通常停靠各种公共汽车和马车的小旅馆。我出于某种原因停在那里，尽管我无法解释为什么。我站在那里几分钟，看着一辆从街的另一端开过来的马车。它越来越靠近时，我意识到那是瑞士的马车。它停在我站的地方，当门打开时，我看到亨利·克莱维尔在里面。他看到我立刻从马车上跳了下来。"我亲爱的弗兰肯斯坦！"他惊呼道。"见到你真是太好了！太幸运了，你正好在我下车的时候！"

当我看到克莱瓦尔时，我充满了喜悦。他的存在让我想起了父亲、伊丽莎白和温暖的家庭回忆。我抓住他的手，那一刻，所有的恐惧和不幸都消失了。这是几个月来我第一次感到平静和真正的快乐。我热烈地欢迎了我的朋友，我们一起走向我的大学。克莱瓦尔谈到了我们的朋友，以及他有幸被允许来到因戈尔施塔特。他说："你可以想象我是如何难以说服父亲，告诉他除了会计知识以外，还有更多值得探索的东西。一直到最后，他都不相信我，总是说着同样的话：'我有足够的钱和食物，不需要希腊语。'但最终，他对我充满的爱战胜了他对学习的抵抗，他允许我踏上知识之路的旅程。"

"见到你我太高兴了！在任何其他事情之前，请告诉我我父亲、兄弟和伊丽莎白都好吗？"

"好的，他们都很开心，只是有点担心你很少给他们来信。顺便说一下，我也想和你聊聊他们的情况。不过，亲爱的弗兰肯斯坦，"他停下来仔细地看着我说，"我刚刚才注意到你看起来很不舒服。你瘦得像皮包骨，脸色苍白，好像连续几个晚上都没睡。"

"你猜得对，我最近真的很忙，没有休息好，正如你所见。不过，我真的希望那些忙碌的日子已经结束了，现在我终于自由了。"

我真的很害怕，无法忍受想起或甚至提及昨晚发生的事情。我快步走着，很快我们就到了我的大学。然后，我惊恐地意识到我留在房间里的那个怪物可能依然在那儿，活着而且四处游荡。我害怕见到这个怪物，但更害怕亨利会看到他。所以，我让亨利在楼梯下等几分钟，我匆匆赶去我的房间。我伸手去拧门把，结果记起要停下来。我停顿了一下，感到一阵寒意涌上心头。我用力推开门，就像孩子们期待着门后会有个鬼魂一样。但那儿什么也没有。我小心翼翼地走进房间：它是空的。我的卧室也没有那个可怕的客人。难以相信这么好的运气降临在我身上。但当我意识到我的敌人真的已经走了，我高兴地拍了拍手，跑回克勒瓦尔那里。

我们上楼到了我的房间，仆人马上端来了早餐；但我无法控制自己。我感到的不只是喜悦；我皮肤发麻，心跳加快。我连一刻钟都静不下来；我跳过椅子，拍手，哈哈大笑。起初，克莱维尔以为我只是高兴见到他，但当他仔细看着我时，他看到了我眼中的疯狂，他无法理解。

"维克多，亲爱的，"他喊道，"到底发生了什么？不要笑成那样。你看起来很不舒服！这一切是为什么？"

"不要问我，"我喊道，用手遮住眼睛，因为我以为看到可怕的鬼魂进入房间。"他能告诉你。哦，救救我！救救我！"我想象着怪物抓住了我，我努力挣扎然后昏倒。

可怜的克莱维尔！我只能想象他当时的感受。他如此期待的见面变成了一件苦涩而奇怪的事情。但我没有看到他的悲伤，因为我昏迷了，很长一段时间才恢复过来。

这是我每天晚上都变得很紧张，躺在床上好几个月的开始。亨利是我在这段时间里唯一照顾我的人。后来，我发现他不想让我父亲和伊丽莎白担心，所以他将我病情的真实程度保密了。他知道他比任何人都更能照顾我，也对我的康复充满了信心。他认为照顾我是在为他们做一件好事。

但事实是，我真的很病重。如果没有我朋友持续的照顾和关注，我可能就撑不过去了。我无法停止地在脑海中看到我创造出来的怪物，并且我一直不停地谈论它。起初，亨利以为这只是我的想象力在作祟，但我一直固执地回到同一个话题上，让他认为一定发生了可怕的事情导致了我的病情。

通过慢慢康复和一些让朋友担心的倒退，我逐渐康复了。我记得第一次我能够带着一些欢乐的心情看外面的事物。我注意到地上的落叶消失了，窗口边上的树上开始长出新芽。那是一个美丽的春天，它帮助我康复了。我的心里也开始再次感到幸福和爱。黑暗消失了，不久之后，我就像在生病之前一样开心了起来。

"亲爱的克莱维尔，"我说，"你对我太好了。这个冬天本来你打算要好好学习的，但你却陪着我在病房里。我怎么才能报答你呢？我为让你失望感到很内疚，但我希望你能原谅我。"

"如果你不再担心，全身心地专注于尽快康复，那你就完全报答了我，"克莱维尔回答道。"既然你看起来情绪很好，我可以和你谈一件事吗？"

我有点紧张。他会谈到什么呢？难道是一些我甚至不允许想的事情吗？

　　"不要担心，"克莱维尔注意到我脸色的变化时说。"如果你不高兴，我就不提了。但你父亲和表姐很想收到你亲笔写的信。他们不知道你有多病，因为你很久没有给他们写信了，他们很担心。"

　　亲爱的亨利，你只是这样想吗？你怎么能认为我不会立刻想到我深深关心、值得我全部爱的朋友们呢？

　　如果你现在感觉这样，我的朋友，你可能会高兴地看到已经有几天了的一封信，写给你的。我觉得它是你的表亲写的。

CHAPTER VI

 克勒瓦尔递给我一封信，这是我表亲伊丽莎白写的。

"亲爱的表亲，

你生病很重，即使是亨利的信也不能让我放心。你不能写信或拿笔，但是我需要收到你的消息，维克多。我们需要知道你安好。我每天都在等待你的一封信，我说服了我叔叔不要来英戈尔施塔特。我不希望他经历如此艰难又危险的长途旅行。真希望我可以亲自去！我想象着有个年迈而不太关心的人在照料着你。他们永远无法像我这样了解你的需求，你可怜的表亲。但那都是过去的事了。克勒瓦尔说你正在康复中。我真希望你能尽快写信来确认这个消息。"

 "快点康复，回到我们身边吧。我们的家充满了爱和快乐，我们都非常想念你。你爸爸身体健康，只是希望知道你没事。他总是脸上挂着温和的笑容，什么都不会让他担心。你会惊喜地发现我们的弟弟欧内斯特长大了！他现在已经十六岁了，充满了活力。他梦想成为一个骄傲的瑞士人并为我们的国家服务，但在大哥回来之前，我们不能让他去。我们叔叔不喜欢他远离家乡参军，但欧内斯特不喜欢像你那样学习。他更喜欢户外活动，在山丘上徒步或在湖上划船。我担心如果我们不让他追求自己选择的职业道路，他可能会变得懒散。"

85   自从你离开我们之后，几乎没有什么变化，除了我们的孩子们长大了。美丽的湖水和被雪覆盖的山脉依然如故。我们平静的家庭和快乐的心灵受着永恒的规则引导。我忙碌着做一些小事，它们给我带来了快乐，而看到周围的人都快乐和善良则是我的回报。自从你离开后，我们小家庭中只有一件事发生了变化。你还记得我们邀请朱斯蒂娜·莫里茨加入我们家吗？也许你不记得了，那让我简要地讲给你听听她的故事。朱斯蒂娜的母亲，莫里茨夫人，是一位有四个孩子的寡妇，朱斯蒂娜是第三个孩子。她的父亲很爱她，但是在父亲去世后，她的母亲对她很不喜欢，对待她很差。我的姑姑注意到了这一点，并说服朱斯蒂娜的妈妈让她在朱斯蒂娜十二岁时和我们住在一起。我们国家的民主方式比附近的大君主国家更为简单和幸福。这意味着社会阶层之间没有那么大的分别，底层人民也没有那么贫穷或被人看不起。因此，他们的行为更有礼貌和道德。在日内瓦，做仆人并不像在法国和英国那样。当朱斯蒂娜成为我们家庭的一员时，她学习了作为一个仆人的责任。但在我们幸运的国家，做仆人并不意味着你无知或者失去了人的尊严。

86   朱斯丁是你最喜欢的人，你曾说过她愉快的存在能立刻让你心情明亮起来，就像阿里奥斯托的故事里安格丽卡的美丽一样。我的舅舅对朱斯丁非常钟爱，所以她决定给她比原计划更好的教育。朱斯丁非常感激这份善意，尽管她从未明确表达过。从她的眼神中你可以看出她十分钦佩和尊敬我的舅舅。尽管朱斯丁活泼而有时考虑不周全，但她对我的舅舅的每个言行都特别留心。她把她视为一个榜样，努力去像她那样说话和行事，这至今仍然让我想起她。

当我深爱的舅舅去世时，每个人都太过于沉浸在自己的悲痛中，没有注意到可怜的朱斯丁，她在病中全心全意地照料着她。朱斯丁自己也感染了病，但更多的挑战正在等待着她。

87   朱斯丁的兄弟姐妹一个接一个地去世，只有她被母亲忽视。这位女士感到内疚，认为这些死亡是对她偏爱某些子女的惩罚。作为罗马天主教徒，她相信她的告解者验证了她的信念。因此，在你去英戈尔斯塔特的几个月后，朱斯丁被她懊悔的母亲召回。朱斯丁离开我们家时是含泪告别的。自从我舅舅去世以来，她的外貌发生了变化；悲伤使她曾经活泼的神态变得更温和。然而，与母亲生活并没有带回她的快乐。那个女人的悔罪感不断摇摆。有时她向朱斯丁乞求原谅，但更多时候她指责她导致了兄弟姐妹的死亡。不断受到指责对莫里茨夫人造成了负担，她最终患上了病情恶化。起初，她的病使她更易怒，但现在她在永久的安宁中。她在初冬天气变冷时去世。朱斯丁回到了我们身边，我非常爱她。她聪明、善良，非常漂亮。就像我以前说的，她的言谈举止和表情让我想起我亲爱的舅舅。

让我告诉你关于威廉小朋友的事情，亲爱的表哥。你如果见到他会很喜欢他的。他年纪小但个子很高，眼睛是漂亮的蓝色。他的睫毛很黑，头发是卷的。每当他笑的时候，他脸上的小酒窝显得特别可爱，因为他很健康，所以脸红扑扑的。他已经有几个小女友了，但他最喜欢的是五岁的可爱的女孩露易莎·比龙。

现在，我知道你一定想听关于日内瓦的八卦了，维克多。可爱的曼斯菲尔小姐因为即将嫁给一个叫约翰·墨尔本的英国人，收到了很多祝贺的访问。她不那么漂亮的妹妹玛农，在去年秋天嫁给了一个叫杜维拉德先生的富有的银行家。你最喜欢的同班同学路易·马努瓦自从克莱瓦尔离开日内瓦以来，并不是很幸运。但他现在感觉好多了，据说他快要和一个活泼漂亮的法国女人，叫塔维尼夫人结婚。她比马努瓦大，是个寡妇，但大家都很喜欢她。

当我写这封信时，我感觉更开心了，亲爱的表哥。但随着我结束信件，我开始担心了。请维克多，给我们写信吧。哪怕一句话或一个字，对我们来说都意义非凡。我们非常感激亨利的好心、深情和他所有的信件。再见了，表哥。照顾好自己，请我恳请你，一定要写信！

爱你的，

伊丽莎白·拉文扎。

日内瓦，17年3月18日。

***

"亲爱的伊丽莎白"，我精神焕发地说道，读着她的信，"我会马上回信告诉他们我没事。"我写了封信，写完之后感到非常疲倦，但我开始康复了。两个星期后，我已经足够强壮，能离开床了。

90 　　当我痊愈后，其中一件我不得不做的事情是将克莱维尔介绍给大学里的教授们。因为发生过的事情，这对我来说是很困难的。自从一切出了问题的那个晚上起，我对与科学有关的任何东西都产生了强烈的厌恶。只是看到化学器具就会让我回想起所有的痛苦和不适。亨利注意到了这一点，他把所有的设备都清除掉，并带我到了另一个房间。但是当我见到教授们时，这些都无关紧要了。瓦尔德曼先生更糟糕，他赞扬我在科学方面的进步，他并没有意识到我不再喜欢这个科目，并以为我只是谦虚。他一直试图谈论这个话题，即使这让我感到痛苦。对我来说，他就像是向我展示了那些将被用来伤害我的工具。我想要表达我的痛苦，但我做不到。克莱维尔总是擅长理解我的感受，他转换了话题，因为他对科学不太了解。我很感激他的理解，但我无法告诉他发生了什么。我知道他会感到震惊，我不想再给他增添负担。

91 　　当我恢复健康后，首先要做的一件事就是把克莱维尔介绍给大学的教授们。由于发生过的事情，这对我来说很困难。自从那个一切都出错的夜晚以来，我对与科学有关的一切都产生了强烈的厌恶。只要看到化学仪器，我就会回想起当时的痛苦和不适。亨利注意到了这一点，把所有科学装备都清走了，把我移到了另一个房间。但当我见到教授们时，这一切都无关紧要了。瓦尔德曼先生说起我的科学进步，让我感到更糟糕。他没有意识到我不再喜欢这个科目，以为我只是谦逊。即使我受伤，他还是一直试图谈论这个。感觉他是在向我展示那些会伤害我的工具。我想要表达我的痛苦，但却做不到。克莱维尔一向善于理解我的感受，他因为对科学不太了解而改变了话题。我感激他的理解，但我也无法向他讲述发生的事情。我知道他会感到震惊，我也不想给他增添负担。

92 　　克莱瓦尔对科学没有我的兴趣，他的学习方向与我不同。他来到大学的目标是成为东方语言专家，因为他相信这将带领他通往理想生活。不同于克莱瓦尔，我并没有深入理解各种语言，因为我只是想暂时地享受它们。我阅读只是为了简单理解其中的意义，而这一切努力都是值得的。他们的作品给我带来了宁静的感觉，让我感到前所未有的喜悦。当你阅读他们的故事时，感觉生活就像是阳光的温暖，就像是身处美丽的玫瑰花园，就像是面对吸引人的敌人时的矛盾情感，还有心中燃烧的激情。这与古希腊和罗马的强大英雄诗歌完全不同。

夏天过去了，我们忙着做这些活动，本来我应该在秋天回到日内瓦。然而，发生了一些事情导致了延误，不知不觉间，冬天带着覆盖着雪的道路来临了。尽管有延误，我们充分利用了这个冬天，当春天终于到来时，等待变得很值得，因为一切都变得美丽起来。

五月已经开始了，我期待着一封信，告诉我什么时候可以离开。但是，亨利提议在我离开之前我们在因戈尔斯塔特周围进行一次徒步旅行。这是我告别这个长时间以来称之为家的地方的机会。我很高兴地同意了他的建议，因为我喜欢积极参与，而克莱弗尔在探索我们的祖国乡村方面一直是我的最爱伴侣。

我们花了两个星期策划这些散步：我的健康和情绪已经改善，而且因为新鲜空气、我们看到的有趣事物以及与朋友的交谈而变得更好。之前，学习使我与他人隔离并变得不合群。但是克莱文唤醒了我善良的一面；他使我再次学会欣赏大自然和孩子们的快乐能量。你是一个很好的朋友！你真正爱我并试图使我变得更像你。我曾经如此的自我沉溺和目光狭窄，但你的善良和爱打开了我的感官，使我重新感到活力。我又成为了几年前那个充满快乐的人，每个人都爱我，我也爱他们，没有烦恼或悲伤。被美丽的大自然环绕使我感到如此快乐。晴朗的天空和绿色的田野充满了我的快乐。这个季节真的很美好；春天的花朵盛开在灌木上，夏天的花朵开始发芽。尽管我试图摆脱害扰着我的困扰思绪，但我没有像前一年那样有烦恼的想法。

亨利为我的幸福感到高兴，并真挚地同情我的感受。他是一个很好的伴侣，讲了许多精彩的故事来让我们有所娱乐。

我们在一个星期天的下午回到了我们的学院：农民在跳舞，我们遇到的每个人都显得开心而快乐。我的情绪也很高昂。

CHAPTER VII

在回去的路上，我发现了父亲的一封信。信上写着：

"亲爱的维克多，

我知道你一直渴望收到我写给你的信，告诉你回家的时间。起初，我考虑只写几行，提到你应该回来的日子。但那对你来说是不公平的，我无法做到。我的儿子，想象一下，如果你不是被欢乐和温暖的欢迎所迎接，而是被眼泪和悲伤所迎接，你会多么震惊。维克多，我如何告诉你我们所经历的可怕事情呢？我知道即使你离开了，你仍然关心我们的幸福和悲伤。我如何能够伤害我已经离开这么久的儿子呢？我想为这个毁灭性的消息做好准备，但我知道这是不可能的。我能看到你的眼睛在这一页上搜索着会传达这个可怕消息的字眼。

"威廉去世了！他是那么可爱的孩子，总是微笑，给我心里带来温暖。他是那么善良，却充满活力。维克多，有人夺走了他的生命，离开了我们！

"现在我不想试图安慰你。相反，我只是简单地告诉你发生了什么事情。"

上个周四，五月7日，我、我的侄子和你的两个兄弟在普兰帕莱赛区散步。那天晚上温暖而平静，我们走得比平时更远。直到找不到威廉和欧内斯特才意识到天黑了。我们坐下等他们回来。欧内斯特最终回来了，问我们是否见过他的弟弟。他告诉我们，他和威廉在一起玩，威廉跑开躲藏起来，等了很长时间却没有回来。

这让我们担心，所以我们继续寻找，直到天黑。伊丽莎白认为威廉可能已经回家了。但他不在那里。我们带着手电筒返回，因为我无法安心，知道我的宝贝儿子迷失在夜晚的寒冷和湿气之中。伊丽莎白也非常担心。清晨五点左右，我找到了我的宝贝儿子。前一天晚上，他还生气勃勃、健康活泼，但现在他躺在草地上，苍白无力。他的脖子上有凶手留下的痕迹。

"他被送回家，因为我脸上的悲伤，这秘密被伊丽莎白看穿了。她非常渴望看到尸体。起初我试图阻止她，但她坚持，进入了尸体所在的房间，匆忙检查了受害者的脖子，她合起双手呼喊道："哦，天哪！我杀死了我的宝贝孩子！"

她晕倒了，非常难以恢复。当她再次醒来时，只留下了哭泣和叹息。她告诉我，那天晚上威廉嘲笑她，要她让他戴上一张她珍藏的你母亲的贵重肖像画。那张画不见了，毫无疑问，这是诱使凶手行凶的诱因。我们目前没有他的踪迹，尽管我们努力不懈地寻找他；但他们无法让我心爱的威廉复活！

亲爱的维克多，快来吧，只有你能帮助伊丽莎白。她不停地哭泣。"

"Victor，到别人处寻求复仇的念头只会让我们更心痛、更伤神。相反，让我们用和平、善良的态度去处理这个情况，让我们的心愈合起来吧。朋友，带着对那些关心你的人的爱与关怀进入丧事之家，而不是对敌人的仇恨。

你深爱且哀伤的父亲，

阿尔芬斯·弗兰肯斯坦。

日内瓦，17—年5月12日。"

克莱瓦尔一直在紧盯着我，观察着我阅读这封信时所流露的悲伤。接到朋友们的消息本应让我感到喜悦，却被深深的忧伤所覆盖。我把信放在桌子上，覆盖了自己的脸。

"亲爱的弗兰肯斯坦，"亨利看到我满脸的泪水和痛苦，惊讶地说，"你还要一直这样不开心下去吗？发生了什么事，我亲爱的朋友？"

我打手势示意亨利拿起信，而我则焦虑地在房间里来回踱步。克莱瓦尔阅读了发生在我身上的不幸事件，泪水也盈满他的眼眶。

"朋友，我不能给你任何安慰，"他说，"你的悲剧无法被撤销。你打算怎么做呢？"

"我需要立刻去日内瓦。亨利，跟我一起去，我们要安排好马车。"

在我们散步的时候，克莱瓦尔试图安慰我，但他只能表达出他由衷的同情。"可怜的威廉！"他说，"他是多么可爱和可爱的孩子。现在他与他的天使母亲一起安息了！任何看到他的人，都会为他年轻的美丽和充满喜悦的生活感到痛心，为他过早的离世而流泪！以如此可怕的方式死去；成为凶手掌握的掌中人！摧毁如此纯真无邪的孩子，这是何等的悲剧！可怜的小男孩！我们只能在他的朋友们哀悼和流泪的事实中找到安慰，但他已经得到了安息。痛苦已经结束，他的苦难永远终结。他躺在地下，不再感受痛苦。我们不再需要为他怜悯，因为我们必须为那些继续受苦的人保留怜悯。"

克莱瓦尔说着这些话，当我们匆匆穿过街道时，这些话在我的脑海中留下了印象，我在独处时想起了它们。但马车一到，我迅速坐进一辆双门轿车里，告别了我的朋友。

我的旅程非常悲伤。一开始，我想匆匆赶到家乡去安慰和陪伴正在悲痛中的亲人，但是当我越靠近家乡时，我放慢了脚步。我无法承受心头涌动的各种情绪。我穿过了一些小时候熟悉的地方，但是已经有将近六年没有见到它们了。我想知道在这段时间里，一切可能都发生了哪些变化！有一次突如其来的毁灭性变故，但还有许多小事物可能悄悄地引起了其他同样重要的变化。我感到害怕，无法向前迈进，因为我担心所有未知的问题，它们让我不寒而栗，尽管我无法准确说出那些问题是什么。

我在洛桑停留了两天，一直保持这种心情。我看着湖水，它平静而宁谧。周围的一切都静悄悄的，那些我认为是"大自然的宫殿"的雪山也没有变化。渐渐地，宁静而美丽的景色帮助我感到好一些，于是我继续向日内瓦前进。

道路沿着湖边延伸，当我越靠近家乡时，湖变得更加狭窄。我可以更清楚地看到侧面暗淡的朱拉山和明亮的勃朗峰。我像个小孩子一样哭了起来。"亲爱的群山！美丽的湖泊！你们如何欢迎你们的漂泊者呢？你们的山巅如此清晰，天空和湖泊都是蓝色而宁静的。这是意味着将有和平之时吗？还是在嘲弄我的不幸？"

我害怕，我的朋友，我擔心談得太多這些早期的事情會讓你覺得無聊。然而，那些日子是相對快樂的，我對此懷念無盡。哦，我的國家，我深愛的國家！只有在這裡出生的人才能理解我再次看到你的河流、山脈和最重要的是你美麗的湖泊時的喜悅！

然而隨著我接近家的時候，悲傷和恐懼再次佔據了我的心。夜幕降臨，當我幾乎看不到黑暗的山脈時，我感到更加陰沉。這景象看起來像是一個廣闊而陰暗的困境，我朦朧地感覺到我註定要成為世界上最悲慘的人。可悲的是，我的預感成真了，只有一件事我錯了：我甚至無法想像或預料到將要承受的痛苦的微小部分。

当我抵达日内瓦郊外时，天已经很黑了。城门已经关闭，所以我不得不在离市区半个里格的一个叫做塞谢龙的村庄过夜。天空晴朗，由于我无法入睡，决定去看看我可怜的威廉被杀害的地方。由于我不能穿过城镇，不得不乘船越过湖泊到达普兰帕莱。在这段短途旅行中，我看到闪电在蒙布朗峰上形成美丽的形状。暴风雨似乎越来越近，当我到达岸边时，我爬上一座小山观察它的移动。它迅速接近，天空变得多云，我很快感受到大雨开始缓缓地落下，但很快变得更加强烈。

我从座位上站起来继续走，虽然天气越来越阴暗，风暴越来越猛烈。雷声在我头上轰鸣，从Salêve、Juras和萨瓦区的阿尔卑斯山回响。明亮的闪电令我眼前一亮，将湖水照亮，使其看起来像一片巨大的火海。然后，一刹那间，一切变得漆黑，直到我的眼睛再次适应黑暗。在瑞士，风暴经常同时出现在天空的不同部分。最猛烈的风暴在镇的正北方向，位于Belrive和

Copêt村之间的湖面上。另一个风暴向Jura发送微弱的闪电，而另一个风暴则让位于湖东的尖山Môle时隐时现。

105　　当我看着这场美丽又可怕的风暴时，我快速地继续前行。天空中这场高贵的战斗让我的精神为之一振；我合起双手，大声喊道："威廉，亲爱的天使！"就在我说这些话的时候，我在阴暗中看到了一个人影，从我附近一丛树后走出来。我站在那儿，目不转睛地注视着。我不可能认错。那个人影迅速走过我身边，消失在黑暗中。任何人类的形状都不能毁灭那个可爱的孩子。他就是我兄弟的凶手！我不容置疑，对此事深信不疑。仅仅思想的存在就是无法抗拒的事实。我想去追捕那个魔鬼，但是徒劳无功，因为下一道闪电让我看到他正悬挂在Salêve山的陡峭岩壁间，这座山脉位于平帕莱平原的南边。他很快就到达了山顶，消失无踪。

106　　我一动不动地站在那里。自那个怪物第一次获得生命那天起，已经过去了将近两年了，而这是他的第一次罪行吗？唉！我将一个痛苦喜欢的可怕怪物释放到了世界上；难道他没有谋杀过我的兄弟吗？

　　我在接下来的那个夜晚中经历了难以言喻的痛苦，我在寒冷潮湿的户外度过了这个夜晚。但是我并没有感受到天气带来的不便；我的想象力充满了邪恶和绝望的场景。我把我投放到人类中，并赋予他意欲和能力来实现恐怖的目的，就像他现在所做的这样。他几乎成了我的吸血鬼，成了从坟墓中解放出来、被迫毁灭我所珍爱的一切的灵魂。

107　　太阳开始升起，我向镇子走去。城门大开，我赶紧直奔我爸爸的房子。我首先想要搞清楚我对杀人犯的了解，并确保他们立即被追捕。但是后来我停下来思考我将要讲述的故事。我曾在危险的山上与一个我创造并赋予生命的生物相遇。我还记得当时我发烧了，这可能会让我的故事听起来像是胡言乱语。我知道，如果是别人告诉我这个故事，我会以为他们疯了。而且这个怪物如此奇怪，即使我家人相信了我，并试图追捕它，也是不可能捉到它的。而且，即使我们追捕它，有什么意义呢？谁能捉住一个能够爬上蒙特·萨莱维陡峭山腰的怪物呢？在考虑了所有这些之后，我决定保持沉默。

大约早上五点钟我到了我爸爸的房子。我告诉仆人不要把家人叫醒，然后进了书房，等待他们的醒来。

过去的六年已经成为遥远的记忆，自从我告别父亲前往英戈尔斯塔德的时候。我发现自己站在我们拥抱过的地方。我亲爱而受人尊敬的父亲！他的精神仍与我同在。我望着挂在壁炉上的母亲的画像。那是一幅历史场景，是我父亲的要求下绘制的。画中描绘了卡罗琳·博福特在父亲的棺材旁沉浸在悲痛之中。她着衣朴素，面容苍白。然而，她身上有一种特殊的优雅和美丽，让人很难对她感到可怜。这幅画下面还挂着小威廉的照片，当我看着它时，眼泪涌上了眼眶。就在这时，欧内斯特走了进来。他听到我到了，急忙走过来迎接我。他表达了对我的见到既伤感又高兴的情绪。"欢迎，我亲爱的维克多，"他说。"哦，如果你三个月前就来了多好。那时我们都感到非常幸福。你现在来到我们身边正处于一片无法舒缓的痛苦之中。但我希望你的存在能让我们的父亲重拾希望。也许你可以说服可怜的伊丽莎白停止责怪自己，停止折磨自己的灵魂。哦，可怜的威廉！他是我们心爱的小弟弟，是我们的骄傲和快乐！"

我的哥哥流下了眼泪，一股剧痛感笼罩着我。之前，我只是想象着我们破败的家园所带来的悲伤，现在它像一场同样可怕的新灾难一样袭击着我。我试着让厄内斯特冷静下来，询问关于我们的父亲和他提到的那个人的更多细节，这个人恰好是我们的表妹。

"她最需要安慰了，"厄内斯特悲伤地说道。"她把我弟弟的死都怪在自己身上，这让她非常痛苦。但是自从我们发现了凶手——"

"凶手找到了！天哪！这怎么可能？谁会敢追捕他？这不可能，就像用麦杆挡住疾风或者阻挡汹涌的河水一样。昨晚我也见过他，他自由自在！"

"我不明白你在说什么，"我的哥哥回答，听起来非常惊讶。"但对我们来说，揭开真相只增加了我们的痛苦。一开始没有人相信，即使现在，伊丽莎白也拒绝接受，尽管有所有的证据。谁能相信，善良而深爱我们家的朱斯汀·莫里茨会突然犯下如此可怕、可怖的罪行呢？"

"朱斯汀·莫里茨！可怜的女孩，她被指控了吗？但这是不公正的，众所周知。厄内斯特，肯定没有人会相信吧？"

110　　一开始没有人相信，但后来出现了一些情况，几乎让我们相信她有罪。而且朱斯汀的行为非常混乱，这更增加了我们对她有罪的证据。不幸的是，今天她将接受审判，届时你会知道一切。"

他告诉我，在他们发现可怜的威廉被谋杀的早晨，朱斯汀生病了，躺在床上几天。在那期间，一个仆人找到了朱斯汀在谋杀当晚穿的衣服里藏着我妈妈的照片。他们认为这正是引诱凶手的东西。仆人没有告诉家人，却把它拿给了一个治安官。根据他们的陈述，朱斯汀被逮捕了。当她被指控时，她表现得非常困惑，这让人们更加怀疑她。

这是一个奇怪的故事，但它并没有让我产生疑虑。我坚定地说："你们都错了。我知道凶手是谁。可怜而善良的朱斯汀是无辜的。"

111　　就在那时，爸爸走了进来。我看到他的脸色非常悲伤，但他努力用开心的表情来跟我打招呼。我们含泪互相问候之后，他想谈一些比我们可怕的处境有关的其他事情。但在他开口之前，欧内斯特突然说："天哪，爸爸！维克多说他知道谁杀了可怜的威廉。"

"我们也知道，可悲的是。"爸爸回答道。"我宁愿不知道，也不要发现一个我非常钦佩的人有如此邪恶和忘恩负义的一面。"

"爸爸，你误会了。朱斯汀是无辜的。"我说。

"如果她是无辜的，我希望并祈祷她不会受到像有罪的人那样的惩罚。今天她将接受审判，我衷心希望她能被宣判无罪。"爸爸说。

听到爸爸的话，我感觉好受了些。我坚信朱斯汀，还有每个人都不会有这个谋杀的罪行。所以，我并不害怕任何证据足够强大以证明她犯下了罪行。我要讲述的故事并不是每个人都能听得懂；对于大多数人来说，它简直太恐怖了。除了我，这个造物主，还有谁会相信我因为傲慢和无知所引发的恐怖结果已经在世界上释放出来了呢？

112　　不久之后，伊丽莎白也来到了。自我上次见到她以来，时间改变了她；她变得比小时候更美丽了。她仍旧保持着她的诚实和活力，但现在还增添了一种敏感和智慧的表达。她充满了爱地欢迎我。"亲爱的堂兄，"她说，"你的到来给了我希望。也许你能找到一种方法证明贾斯汀是无罪的。但如果她被判有罪，谁还会安全？我坚信她的无辜，就像我坚信自己一样。我们的不幸对我们来说太艰难了；我们不仅失去了我们可爱的小男孩，而且这个我真心爱着的可怜女孩将面临更糟糕的命运。如果她被判有罪，我将永远无法找到快乐。但我知道她不会被判有罪，我对此有把握。那时，就算在小威廉可悲的死后，我也会再次快乐起来。"

"她是无辜的，我的伊丽莎白，"我说，"我们会证明的。别担心，让你的精神因为她会被宣判无罪而振作起来。"

"你真是太善良和慷慨了！其他人都相信她有罪，这让我很痛苦，因为我知道那是不可能的。看到其他人都有偏见，我失去了希望，感到绝望。"她哭了起来。

"我亲爱的侄女，"我父亲说，"别哭了。如果她确实无辜，就相信我们法律的公正性，相信我将预防任何一丝偏见的决心。"

CHAPTER VIII

我们悲伤地等了几个小时，直到十一点的时候，庭审应该开始了。由于我父亲和其他家人需要去作证，所以我跟着他们一起去了法庭。整个审判是对正义的可怕嘲弄，而我目睹这一切是如此痛苦。两个生命的命运取决于这个决定：一个无辜快乐的婴儿，以及一个名叫贾斯廷的女孩，她有许多好品质和一个有希望的未来。但现在，一切都将以一种耻辱的方式被夺走，而我是罪魁祸首。即使我并不在现场，我宁愿承认自己犯下了贾斯廷被指控的罪行。但如果我这样承认，人们会认为我疯了，并不会洗清她的名声。

小朱丝丁出庭的样子很平静。她穿着一身黑衣，她那常常动人的脸庞显得虔诚而美丽。她既泰然自若又沉稳恒定，这正是旁人所料想不到的。当她走进法庭时，她环顾四周，迅速找到了我们坐着的位置。当她看到我们时，眼中似乎闪过一丝泪光，但她很快恢复了镇定，并流露出悲伤的眼神，似乎证明她是无辜的。

审判开始了。反对贾斯汀的人解释了指控，然后他们叫了几个证人作证。有一些奇怪的事实似乎对她不利，但我有证据证明她的清白，所以它们并没有让我太担心。他们说她在发生谋杀的那个晚上整晚都在外面，有人看到她在早上在他们发现孩子的尸体的地方附近。那个人问她在那里做什么，但她看起来很奇怪，回答令人困惑。她大约八点钟回到家，当有人问她整个晚上在哪里时，她说她在找孩子，绝望地询问他们是否听到有关他的任何消息。当他们给她看尸体时，她有很强烈的反应，变得歇斯底里。她在床上躺了几天。然后他们展示了一张仆人在她口袋里找到的照片。伊丽莎白颤抖着声音确认那是她在孩子失踪前一个小时放在孩子脖子上的同一张照片。法庭充满了恐惧和愤怒。

最后，轮到贾斯汀辩护。随着审判的进行，她的脸变了。她看起来惊讶、恐惧和痛苦。有时她试图抑制住眼泪，但当她被要求说话时，她冷静下来，用可以听见的声音说话，尽管声音变得有力。

她说："上帝知道，我是多么地无辜。但是我明白仅仅说我是无辜的不足以证明。我依靠清晰简单地解释那些针对我的事实，并希望我的良好声誉能够让法官在有些事情看起来不确定或可疑的时候，积极地看待。"

她接着说，根据伊丽莎白的许可，她曾在日内瓦约一英里外的切讷村的一个姑妈家住过。在她九点左右回来的时候，她遇到了一个男子，他问她是否看到丢失的孩子。她对这个情况感到惊慌，并花了几个小时寻找他。她不愿意叫醒那些认识她的村民，所以只好在农舍的谷仓里过了几个小时的夜晚。她大部分时间都在此处守夜。黎明时分，她以为可能会找到我的弟弟。如果她走近弟弟被找到的地方，那是无意的。她在与市场女人被询问时感到困惑，这并不奇怪，因为她度过了一个不眠之夜，而可怜的威廉的命运还没有确定。至于她对那幅画没有任何记忆。

"我知道，"那个伤心的人说，"这件事让我看起来很有罪，但我无法解释。当我说我不知道它是怎么出现在那里的时候，我只能猜测它是怎么可能出现在我的口袋里的。但即使那样，我也不能确定。我不认为我有什么敌人，即使我有，我也无法想象他们为什么要做出这样残忍的伤害我。凶手会把它放在那里吗？我不知道他们怎么会有机会这么做，即使他们有机会，为什么他们要偷走这颗宝石然后迅速抛弃它？

"我相信法官会给我一个公平的审判，但我看不到很大的希望。我希望有一些认识我的人能为我的善良品格作证。但如果他们的话不能超过我被认为是有罪的信念，我将被判有罪，即使我知道我是无辜的。"

一些认识她很久的证人被传唤出庭，他们对她发表了积极的言论。然而，因为他们害怕，并憎恨他们认为她犯下的罪行，他们害怕站出来。伊丽莎白看到了她最后的希望，她的良好品质和无可指责的行为即将消失。尽管感到非常沮丧，她请求能否和法庭进行交谈。

"我是，"她说，"被害孩子的表姐，或者说是他的姐姐，因为在他出生之前，我就和他的父母一起生活了。有些人可能认为在这种情况下我发表意见是不合适的，但当我看到一个人因为他们所谓的朋友的胆小而受伤时，我想要有能力说话，分享我对他们性格的了解。我非常了解被告。我们曾经在同一个房子里一起生活过，有五年的时间，还有另外近两年的时间。在那段时间里，她给我留下了最亲切和关心的印象。在我阿姨弗兰肯斯坦夫人最后的病痛中，她以极大的爱心和奉献精心照料。之后，她又照顾她自己的母亲度过了漫长的病痛，给所有认识她的人留下了深刻的印象。之后，她住在我叔叔的家里，受到全家人的爱戴。她对那个现在已经去世的孩子深深地依恋，像一个慈爱的母亲对待他。就个人而言，尽管有很多针对她的证据，我毫不怀疑地相信她完全是无辜的。她没有理由做出这样的事情。至于那件对她的主要证明的小饰物，如果她真的想要，我会很愿意给她，因为我非常尊重和珍视她。"

伊丽莎白发表真挚而有力的辩称后，人们发出了一阵赞许的声音。但人们只是对她的干预感到高兴，而不是对可怜的朱斯汀的一方，她面对着公众的新一轮愤怒指责。他们指责她背叛了最严重的方式。伊丽莎白说话时朱斯汀哭了，但她没有说什么。整个审判过程中，我都感到非常焦虑和痛苦。我相信她是无辜的，我知道。那个（我毫不怀疑）谋杀了我哥哥的怪物，也会出于残忍的娱乐而背叛无辜者致其丧生和蒙受羞辱吗？我无法忍受这一切的恐怖。当我看到公众和法官已经谴责了我可怜的受害者时，我痛苦地跑出了法庭。被告的痛苦没有我那么剧烈。她有无辜来支撑她，而我被悔恨所吞噬。折磨不放过我。

我度过了一夜的纯净苦难。早晨到了，我去了法庭。我嘴唇和喉咙干燥。我无法提起勇气去问那可怕的问题，但是我被认出来了，警官明白我为什么在那里。选票已经投出。它们都是黑色的，朱斯汀被判处死刑。

那一刻，我无法完全表达我内心的感受。过去，我曾感受到恐怖，并试图找到适当的词语来形容。但是，对于我当时内心的绝望，根本无法用言语来描述。我当时和一个人交谈，他补充说贾斯汀已经承认了罪行。他说这证据其实并不是必要的，因为案件事实太清楚了，但他很高兴有这个证据。我们的法官们不喜欢仅依靠间接证据来定罪，无论它有多么有说服力。

这个消息很奇怪，也出乎意料。这意味着什么呢？难道我眼花了吗？如果我告诉别人我怀疑的事情，他们会不会认为我疯了？我匆忙回到家，伊丽莎白急切地问我结果。

"结果和你预计的差不多，"我回答道，"法官们宁可让十个无辜的人受苦，也不愿放过一个有罪的人。但贾斯汀承认了罪行。"

这对可怜的伊丽莎白来说是个沉重的打击，她一直坚信贾斯汀是无辜的。"哦不！"她哭道，"我怎么能再相信人的善良呢？贾斯汀，我爱她，把她当作妹妹，她怎么能假装无辜，然后背叛我们所有人？她那慈祥的眼睛从未流露出任何残忍或欺骗的迹象，然而她却犯下了谋杀罪。"

不久后，我们听说那个可怜的受害者表达了想见我表妹的愿望。我父亲本不希望她去，但他说让她自己决定。"是的，"伊丽莎白说，"尽管她有罪，我会去，而且维克多，你也要陪着我。我不能一个人去。"这次探访的想法让我痛苦不已，但我不能拒绝。

我们走进黑暗的监牢，看到朱斯汀坐在角落的稻草上。她的手被锁链束缚着，头低垂在膝盖上。当她看到我们进来时，她站了起来。我们和她独处时，她向伊丽莎白跪下，放声痛哭。我表妹也哭了。

"哦，朱斯汀！"伊丽莎白说，"你为什么夺去了我最后的希望？我相信你的清白，即使当时我不开心，但我也没有现在这么痛苦。"

"你也相信我是那么邪恶吗？你也和我的敌人一起来毁灭我，定我为凶手？"她几乎不能说话，因为哽咽太重。

"起来，可怜的女孩，"伊丽莎白说，"如果你无辜，为什么要跪着？我不是你的敌人。即使有所有对你不利的证据，我一直相信你是无辜的，直到听说你承认罪行。你说这个报道是假的，让我告诉你，亲爱的朱斯汀，除了你自己的供认，没有任何事物能让我对你产生一丝怀疑。"

不久之后，我们听说可怜的受害者表达了想要见我的表姐的愿望。我父亲不想让她去，但他说这完全由她决定。"是的，"伊丽莎白说，"虽然她有罪，我还是要去。而且，维克多，你也要陪着我去，我不能独自一人去。"这个念头让我痛苦不已，但是我不能拒绝。

我们走进了阴暗的监牢，看到贾斯汀坐在角落的稻草上。她的手被铁链拴着，头低垂在膝盖上。她看到我们进来时站起来。我们与她独处时，她扑倒在伊丽莎白的脚前，抽泣不止。我的表姐也哭了起来。

"哦，贾斯汀！"伊丽莎白说，"你为什么夺走了我最后的希望？我相信你的清白，尽管当时我并不开心，但相比现在的痛苦，我那时候并不那么悲伤。"

"你也相信我是那么，那么邪恶吗？你也加入了我的敌人们来毁灭我，谴责我为凶手？"她几乎哭得说不出话来。

"起来，可怜的孩子。"伊丽莎白说，"如果你是无辜的，你为什么还跪着呢？我并不是你的敌人。直到我听说你承认了，尽管所有的证据都指向你，我仍相信你是无辜的。你说这个报告是虚假的，让我告诉你，亲爱的贾斯汀，除了你自己的认罪，没有什么能让我对你产生丝毫的怀疑。"

贾斯汀悲伤地摇摇头："现在我已经不怕死了，"她说，"我在上帝的力量中找到了坚强，他给了我勇气去面对最糟糕的情况。我将离开这个悲惨而残酷的世界。如果你记得我，并视我为一个被错误指控的人，我接受即将到来的命运。亲爱的夫人，请向我学习，耐心接受上天为我们安排的一切。"

在他们的谈话中，我躲到牢房的角落，为了掩饰内心的深深痛苦。绝望！谁敢谈论这样的事情呢？这个可怜的受害者，明天就将穿过生与死的可怕界限，竟没有感受到同样深沉而痛苦的煎熬，令我苦不堪言。我咬紧牙关，从灵魂最深处发出呻吟。贾斯汀吃了一惊。她走过来对我说："亲爱的先生,您太好了,来看我。希望您不认为我有罪？"

我无法回答。"不，贾斯汀，"伊丽莎白打断道。"相比我来说，他更相信你的清白。即使在听说你承认罪行后，他也没认为你有罪。"

"我真的很感谢他。在这最后的时刻，我对那些善意地思念我的人深感感激。对于像我这样经历了这么多的人来说，别人的关爱是如此甜蜜。它减轻了我一半以上的悲伤。现在，既然你和你的表弟相信我的清白，我感觉我能够平静地接受死亡了。"

可怜的受害者试图安慰自己和他人。她得到了她想要的。但我，这个真正的凶手，却感觉到永生的痛苦在我内心燃烧，没有希望和安慰。伊丽莎白也哭了，她也很不开心，但她的痛苦也是无辜的。我伤心欲绝。我内心有个地狱，没有什么能够消除它。我们和贾斯汀待了几个小时，伊丽莎白很难割舍离开。她喊道："我希望我能和你一起死；我无法在这个痛苦的世界生活下去。"

贾斯汀装作兴高采烈的样子，但她难以压制住苦涩的眼泪。她拥抱着伊丽莎白，声音中带着半遏制的情感说："再见了，亲爱的亚历山大，我唯一的朋友；愿上天的慈悲保佑你，保护你；愿这是你将要遭受的最后一次不幸！活下去，幸福，并让别人也幸福。"

第二天，贾斯汀去世了。伊丽莎白心碎的话语无法说服法官们改变他们对这个无辜受难者有罪的看法。我激动和愤怒的辩护话语落了空。当我听到他们冷漠的回应，听着这些人无情的理由时，我无法对自己坦白真相。结果只会是我宣告自己疯狂，但这不会改变对我那个不幸的受害者的判决。她像一个凶手一样死在刑台上！

罪恶的重负使我将注意力转向伊丽莎白深沉而寂静的悲伤。这也是我的过错！我的行为导致了我父亲的痛苦，我们曾经快乐的家庭的毁灭。你们哭泣吧，我亲爱的人，但这些眼泪不会是最后的！你们会一次又一次地被悲伤击垮！弗兰肯斯坦，你们的儿子、亲人和曾经的挚友，他愿意为了你们的利益而牺牲一切，只有看到你们笑容满面他才会感到快乐。他只希望将祝福注满你们的生活，并不知疲倦地为你们服务。他请求你们哭泣，流下无数的眼泪。也许，如果命运可以得到安抚，毁灭在掠夺你们的安宁之前可以暂停，你们才能从痛苦中找到救赎。

当我内心响起这句话时，我感受到了内疚、恐惧和悲伤的困扰。在威廉和贾斯汀的墓前，我目睹了我所关心的人们的哭泣，他们是我的禁忌实验的第一批悲剧性的受害者。

CHAPTER IX

 人类心灵中最令人痛苦的莫过于剧烈情感和事件过后的静寂和确定。它带走了希望和恐惧。贾斯汀死了，而我还活着。我的身体充满了鲜血，但我的心却沉浸于无法解脱的绝望和遗憾。我无法入睡。我感觉自己像个恶灵，因为我做了一些无法用言语表达的可怕事情。还有更多事情，很多事情，我让自己相信我仍然需要去完成。尽管如此，我仍然怀有善意和渴望做好事的愿望。我以善意的初衷开始了我的生活，希望为他人做出改变。但现在一切都完蛋了。我不再为自己过去的作为感到快乐，并且对充满希望的未来毫无期待，我被内疚和遗憾所吞噬着。感觉就像被拖入一处无法形容的痛苦之地。

　　这种悲伤导致我的健康受到了影响，因为我从来没有完全从最初的震惊中恢复过来。我避免接触其他人。任何幸福或满足的声音对我来说都是无法忍受的。唯一给我带来安慰的就是独自一人处于黑暗和寂静中，仿佛我已经死去。

 　　我父亲观察到我的感受，尽全力帮助我找到清晰度和信心。他问道："你觉得，维克多，我不也在受苦吗？没有人能比我更爱你的兄弟。不要觉得你需要压抑自己的情感。感受你需要感受的。"

　　这个建议虽然很好，但对我的情况完全不适用。我本应该是第一个去安慰我的朋友，但相反，后悔完全占据了我的内心。现在，我只能以悲伤的眼神回答父亲，努力避开他的视线。

　　在这个时候，我和我的家人搬到了我们在贝尔里夫的房子。对于这个改变，我感到非常开心。因为住在日内瓦的城墙内变得很令人沮丧，每天晚上十点大门就关闭了，我们不能在那个时间之后在湖上呆着。但是现在，我终于自由了。

　　有时候，当家人都上床睡觉的时候，我会划船出去，在水上度过几个小时。随着风把船帆吹动，我就任由它带我飘荡。或者有时候，我会划船到湖的中心，让船自己前行，而我则沉浸在悲伤的思绪中。

　　有时候，我会被诱惑跳进安静的湖水中，希望它能把我和我的烦恼永远吞噬掉。但是然后我会想起伊丽莎白，我深爱着勇敢而受苦的人，她的生命与我的紧密相连。我也会想到我的父亲和幸存的兄弟。如果我离弃他们，让他们面对我释放的那个怪物而毫无防备，那将是一个懦弱的行为。

　　那段时间，我的脸上泪水奔涌而下，我绝望地希望心灵能够平静，这样我才能给我爱的人带来安慰和幸福。但这是不可能的。悔恨压得我喘不过气来，我自己造成了无可挽回的伤害，每天都生活在恐惧之中，担心那个我创造出来的怪物会犯下更多邪恶的行为。我有种预感，这还没有结束，他会做出一些极其可怕的事情，几乎会抹掉他过去所犯下的罪行的记忆。只要还有我所珍惜的东西存在，恐惧总会找到途径渗入。言语无法表达我对这个怪物的厌恶。每当我想起他，我会咬紧牙关，愤怒燃烧着我的双眼，我热切希望结束我愚蠢地给予他的生命。每当我考虑到他的罪行和残忍，我对他的憎恶和复仇的欲望是无边无际的。如果可能的话，我愿意爬上安第斯山脉的最高峰，把他扔下去。我渴望再次与他面对面，这样我就能全力发泄对他的厌恶之情，为威廉和贾斯汀的死者复仇。

　　我们的房子里充满了悲伤。最近发生的可怕事件使我父亲的健康受到了深刻的影响。伊丽莎白感到伤心和绝望。她再也无法从她平时喜欢的活动中找到快乐，认为任何快乐都是对逝者的不敬。她认为永恒的悲伤和眼泪是唯一适合纪念被摧毁的无辜的方式。她不再是那个我们经常一起在湖边漫步并热切地谈论未来的快乐人了。第一个用来与我们分离尘世之物的悲伤已经降临到她身上，它的影响带走了她最灿烂的笑容。

"当我想起可怜的表妹贾斯汀·莫里茨的悲惨死去时，世界再也不一样了。"她说道，"过去，当我读到书上的不正义和不公平，或是从别人那里听到这些事情时，我把它们看作是很久以前的故事或是虚构的。它们似乎遥远，理智比想象更能理解。但现在，悲惨已经来到了我们门前，人们看起来像是渴望伤害彼此的怪物。然而，我知道我是不公平的。每个人都相信那可怜的女孩是有罪的，如果她真的犯下了被指控的罪行，她将是最邪恶的人。为了一些珠宝，她杀害了她的恩人和朋友的孩子，一个她从出生时就照顾和爱护的人！我永远不会同意任何人的死刑，但我会相信像她这样的人不应该生活在社会中。然而她是无辜的。我知道，我能感受到，而且你的意见也支持我。噢，维克多，当谎言看起来如此真实时，我们如何能对幸福感到确信呢？感觉就像我走在悬崖的边缘，成千上万的人推着我走向深渊。威廉和贾斯汀被谋杀，而凶手却自由了，甚至在世界上受到尊敬。但即使我被定罪犯下同样的罪行，我也永远不想和这样一个可怜的人换位。"

当我听到她的话时，我的痛苦无比。从某种程度上说，我才是真正的凶手。伊丽莎白能从我的脸上看出我的痛苦，她温柔地握住我的手说："我的亲爱朋友，你必须冷静下来。这些事件对我影响很大，但和你相比，我并不那么悲伤。你脸上绝望、有时甚至是复仇的表情吓到了我。维克多，请放下这些黑暗的情绪。记住那些关心你、希望看到你快乐的朋友们。是我们失去了给你带来快乐的能力吗？只要我们在这片和平而美丽的地方，你的家乡，相互相爱，我们就能享受每一个宁静的祝福。有什么能扰乱我们的安宁呢？"

来自我心爱的人的这番话，能驱散困扰我的内心怪物吗？她说着，我离她更近了一些，担心在那个瞬间，毁灭者已经在附近，准备将她从我身边夺走。

但无论是友谊的温暖，还是世界的美丽，甚至是天空的美景，都不能让我的灵魂摆脱悲伤。即使是爱的言语也显得无力。我被一片无法穿透的云层所包围着。那只受伤的鹿，拖着疲惫的腿，找了个隐蔽的地方，可以看着射中它的箭，并死去，成为了我自身困境的象征。

135　　有时候，我可以应对那让我深感伤痛的情绪。但有时候，我无法抵挡那冲破心扉的情感，只能通过锻炼来寻求宣泄。我突然离开了家，朝着附近的阿尔卑斯山谷前进。我希望那些地方的壮丽和永恒能帮助我忘记自己和作为一个人的暂时悲伤。我特意去了夏蒙尼山谷，那是我年轻时多次去过的地方。距离上次我去已经过去了六年，当时我一团糟，但那些狂野而持久的风景依然如故。

136　　我骑着马开始了我的旅程。后来，我租了一匹骡子，因为它们的脚掌稳固，不太容易在这些崎岖的道路上受伤。天气很好，已经是八月中旬了，大概是在贾斯汀去世两个月之后。那段时间对我来说真的很悲伤。但是当我深入阿尔维峡谷时，我感觉好了一点。周围巨大的山峰和悬崖，河水穿过岩石的声音，以及瀑布的轰鸣声，都展示了一种世界上最强大的力量。除了掌控我周围一切的那位，我不再害怕或担心任何事情。进入山谷的更高处，情景变得更加惊人和令人印象深刻。陡峭的山上悬挂着古老的废墟，被松树覆盖，强大的阿尔维河和一些房子在树木间隐约可见。这是一幅异常美丽的景色。但更令人难以置信的是那些巨大的阿尔卑斯山。它们宏伟的峰顶和圆顶高出其它一切，就像属于一个不同的世界，另一类人的家园。

137　　我穿过佩利西尔桥，开始攀登悬挂在河谷上空的山脉。然后，我进入了夏蒙尼峡谷。这个峡谷令人惊叹而宏伟，但不像我刚刚经过的塞沃克斯峡谷那样美丽和景色如画。高高的雪山是它的边界，但我再也没见到过废墟遗址或肥沃的土地。巨大的冰川靠近道路，我听到雷鸣般的雪崩声以及残留的烟雾轨迹。勃朗峰，最高最壮丽的山峰，矗立在峡谷之上，雄踞其中。

　　在这段旅程中，我经常感到一种久违的愉悦感。有时，路的转弯或我看到的新事物会让我想起过去的日子，勾起童年无忧无虑的幸福回忆。但然后，这样的舒适感会消失——我会再次陷入悲伤之中，被思绪的痛苦淹没。这些时候，我会催动坐骑，拼命试图遗忘世界、我的恐惧，尤其是自己。而在绝望的时刻，我会下马倒在草地上，被恐惧和绝望所压垮。

　　终于，我到达了夏木尼村。我已经完全筋疲力尽，无论是身体上还是精神上。我站在窗前片刻，观察着微弱的闪电将勃朗峰照亮，倾听着阿尔河奔流的雷鸣声。这些悠扬的声音如催眠曲一般，平静了我激动的情绪。当我把头枕在枕头上时，睡意温柔地笼罩着我。我意识到它的到来，并为它带来的舒缓感而感激。

CHAPTER X

¹³⁹ 我在下一天探索了这个山谷。我站在阿尔韦隆河的发源地旁边，那条河从一个冰川上流下来，慢慢地移动到山顶，堵住了整个山谷。巨大的山峦环绕着我，一个冰冷的冰川悬在头顶上方。几棵残破的松树散落在周围。这个令人印象深刻的地方唯一的声音就是河水的奔涌声、冰块撞击下落的轰鸣声以及雪崩在山间回荡的巨响。冰看起来似乎无懈可击，但偶尔也会像玩具一样碎裂开来。这些令人赞叹的景色给了我最大的安慰。它们让我觉得自己比我的问题更大，并且虽然它们无法消解我的悲伤，但它们能够平复和安抚我。它们还帮助我分散对过去一个月笼罩着我的想法。当我那天晚上入睡时，我的梦境充满了白雪覆盖的山顶、闪耀的山峰、松林、崎岖的峡谷以及高飞在天空中的雄鹰的壮丽景象。它们聚集在我身边，告诉我要找到内心的平静。

¹⁴⁰　我醒来时，它们都去了哪里？所有让我心灵充盈灵感的事物都随着睡眠一起消失了，阴沉的悲伤笼罩了每一个思绪。大雨倾泻而下，浓雾遮盖了山顶，以至于我连那些强大的朋友的面容都看不见。但我决心要在迷雾中找到它们隐藏的地方。雨和暴风对我有什么关系呢？我的骡子被带到门口，我决定爬到蒙唐威尔山的顶峰。我记得第一次看到巨大而不断移动的冰川

时，它给我带来的震撼。它让我充满壮丽的激动，让我的精神从平凡世界升华到喜悦和光明中。看到大自然中的威严和雄伟总能让我感到敬畏，并忘却日常生活的烦恼。我下定决心要独自一人前往，不需要导游陪伴，因为有人在场会减少这场景的独特壮丽。

登上山的路非常陡峭，但它有很多弯道帮助你攀登陡峭的部分。这个景色非常荒凉。你可以看到许多地方被冬天的雪崩夷为平地，树木断裂散落在地上。有些树木完全被摧毁，而其他的则弯曲倚靠在岩石或其他树木上。当你越往上走，路径被积雪填满的沟壑交错，石块不断从上面滚落下来。其中一个沟壑特别危险，因为即使发出小声的声音，比如大声说话，也会给人带来毁灭。松树并不高大茂密，但它们的颜色深沉，给整个景色增添了一丝严肃感。我望着下方的山谷，可以看到从其中流过的河流上升起起浓雾。这些浓雾缠绕着另一边的山脉，将它们的山峰隐藏在云中。天空阴沉，雨水从中落下，使周围的物体显得更加悲伤和阴郁。哦，为什么人类以拥有更多的情感而自豪呢？这只会让我们更加脆弱。如果我们只有像饥饿、口渴和欲望这样的基本需求，我们几乎可以自由自在。但如今，我们受到每一个小小的事情的影响，每一个说出的话或我们目睹的场景。

我们休息一下，一个梦想能够毁了我们的睡眠。

我们醒来，一个漂泊的想法破坏了我们的一天。

我们经历、想象或者思考。笑或者哭泣，

拥抱悲伤的悲哀，或者放下我们的忧虑...

无论是幸福还是悲伤，都是一样的，

它消失的方式从未改变。

一个人的过去可能永远不会像他们的未来；

除了变化，没有什么能够持久！

我登上山顶时差不多中午了。我坐在一块石头上，望着下面的冰海。冰面和周围的山脉被一层雾覆盖着。但突然一阵微风吹来，吹散了雾，所以我开始走下冰川。冰面凹凸不平，像风浪汹涌的海面，有起伏的低区，也有深深的裂缝。冰川宽约一英里，我花了近两个小时穿越它。另一边是一座陡峭的岩石山峰。站在这里，我可以看到一个约一英里远的地方，名为蒙坦韦尔的地方。而在它上面，有一座壮丽的山峰，名为勃朗峰，看起来非常令人印象深刻。我在岩石间找到一个地方，就这样盯着这美丽的景象。冰川河流蜿蜒穿过群山，它们的高峰在云雾上方的阳光下闪烁。我的心情，之前很悲伤，现在感到有点开心。我情不自禁地说："如果那边有流浪的灵魂，请让我拥有这一丝小小的幸福，或者带我离开生活中的烦恼吧。"

当我说话的时候，我突然看到远处有一个人，他以超过任何人类的速度朝我走来。他跳过了我的小心翼翼走过的冰裂缝。随着他的临近，我意识到他比普通人更高。我感到害怕和头晕，但冷风从山上吹来，使我清醒过来。我恐惧地看到，那个接近的人是我所创造的怪物。我充满愤怒和恐惧地颤抖着，决定与他对抗，与他战斗到死。他靠近时，他的脸上流露出痛苦和仇恨，他不自然的丑陋使他几乎难以直视。但是我被愤怒和仇恨所蒙蔽，没有注意到这一点。起初，我因为情绪过于激动而无法开口，但后来我找到了自己的声音，向他发泄了一连串愤怒的仇恨和蔑视。

"你这个怪物！"我喊道。"你敢靠近我吗？你不害怕即将降临的猛烈报复吗？离开，你令人恶心的生物！不，留下！我想把你粉碎成尘埃！哦，如果我能够让你偿还你残忍夺去的无辜生命！"

"我意料到了，"怪物说。"所有的人都憎恶可怜的人，我知道我被憎恶着！然而，连你，我的创造者，也憎恶我！你想杀死我。履行你对我应尽的责任，我就会对你和人类其余的人采取行动。如果你愿意遵守我的条件，我会离开你们，让你们安宁。然而，如果你拒绝，我将让死亡之口贪婪地吞噬，直到残留的朋友们的鲜血填满它。"

"怪物！可怜的魔鬼！你因为创造我而憎恶我，现在我将消灭你的生命！"

我的愤怒无法控制。我向他扑过去，被一切可以使一种生物对另一种生物存在产生敌意的感情驱使。

他轻易地躲开了我，并说道——

"请冷静下来！我求求你，在你向我发泄愤怒之前，听我说一句话。难道我没有受够吗？你为什么要让我更加痛苦呢？生命，即使充满了痛苦，对我来说也是宝贵的，我会保护它。记住，你使我比你更强大。我更高更灵活。但我不会冲动地与你对抗。我是你的创造物，如果你也履行自己的责任，我会对我的天然创造者和统治者温和而服从。哦，弗兰肯斯坦，不要对待我不公，而对其他人友善。记住，我是你的创造物。我应该像你的亚当，但我感觉像一个被无缘无故赶出幸福的堕落天使。无论望向何处，我都看到了我永远无法体验的快乐。我曾经善良善良，但痛苦使我变成了一个怪物。让我幸福，我会再次变得善良。"

"离开！我不会听你的。我们永远无法拥有关系。我们是敌人。离开，或者让我们在一场必须有一人被打败的战斗中测试我们的力量。"

"怎么才能说服你呢？难道我的请求不能让你看待你的创造物时仁慈和怜悯吗？相信我，弗兰肯斯坦，我曾经是善良的；我的灵魂充满了爱和人性。但是现在，我不是孤独，非常孤独吗？你，我的创造者，厌恶我。我还能寄望于其他人吗，他们对我毫无义务？他们拒绝和憎恨我。空荡荡的山峰和冰冷的冰洞是我的唯一避难所。我在这里流浪了许多日子，只有在这些连人类都不要的冰洞中才能找到慰藉。对于对待我比你的同类人更好的严酷天空，我表示欢迎。如果世界知道了我的存在，他们会像你一样武装起来来毁灭我。那么我不应该憎恨那些厌恶我的人吗？我不会与我的敌人和解。我很痛苦，他们应该也感受到我的痛苦。但是你有能力来偿还我，并且拯救他们免受你制造的邪恶带来的灾难，不仅仅是你和你的家人，而是成千上万的人。请，对我怜悯，不要拒绝我，听我讲述我的故事。听完之后，你可以选择抛弃我，或者对我感到遗憾，就像你认为我应该得到的一样。但是请听我讲话。甚至罪犯，根据人类法律，都可以在被判之前为自己辩护。请你听我说，弗兰肯斯坦。你指责我犯下谋杀罪，然而你也会毫不犹豫地摧毁你自己的创造。哦，这多么是人类永恒正义的证明啊！但是我没有要求你饶恕我。请听我说，然后，如果你能，如果你愿意，摧毁你所创造的东西。"

148 "你为什么要提醒我？"我回答说，"这些事情充满了恐惧和后悔，让我知道我是可怜的罪魁祸首和创造者。该死的日子啊，可恶的魔鬼，你诞生的那天就注定不幸！离开！不要让我看到你那可憎的形象。"

"那么，我会放过你，我的创造者，"他悲伤地说着，用手遮住了我的眼睛，但我强力地推开了他的手。"我会带走你所鄙视的景象。但你仍然可以听我说，并向我展现同情。我恳求你，基于我曾经拥有的善良。听听我的故事。是你决定我是否永远离开人类，过上和平的生活，还是成为惩罚你的同类人和你自己不可避免毁灭的原因。"

149 他说着，他走到了冰上，我跟在他后面。我的心里满满的，我没有回答他，但是我们走的时候，我思考着他说的不同的事情，并决定至少听听他的故事。我很好奇，也为他感到难过，这使得我坚持了我的决定。以前我认为他是杀害我弟弟的凶手，所以我真的想要确认或者否认这个想法。这也是我第一次意识到，作为他的创造者，我有责任让他快乐，然后再抱怨他的坏行为。这些原因让我同意了他的请求。于是，我们走过了冰面，爬上了另一边。天很冷，开始下雨了。我们走进了小屋，怪物看起来很满意，而我感到难过和沮丧。但我同意听并在他点燃的火边坐下。那时，他开始了他的故事。

CHAPTER XI

在我刚开始存在的那段时间里，我真的很难回忆起起初的事情。我脑海中的记忆一片混乱和模糊。我经历了一种奇怪的感觉混合 - 看、感受、听、嗅闻，一下子全都在一起。我花了很长时间才弄清楚如何区分它们。渐渐地，我记得有一束更亮的光淹没了我的感官，所以我不得不闭上我的眼睛。黑暗将我包围，让我感到不安，但一旦我睁开眼睛，光明立刻涌进来。我走了一段路，甚至可能走下了斜坡，但事物开始感觉不同了。之前，我被黑暗和坚实的物体所包围，无法透视或触碰。但现在，我可以自由地四处行走，没有任何障碍挡住我的路。光线变得越来越强烈和压倒性，炎热让我疲倦。我寻找一个可以找到一些阴凉的地方。就在那时，我发现了一个靠近英戈尔斯塔特的森林。我在溪流旁休息，恢复疲惫。但很快，饥饿和口渴开始困扰我。这使我从几乎入睡的状态中醒了过来，我吃了一些挂在树上或躺在地上的浆果。我从溪流中解渴后躺下，然后入睡了。

　　我醒来时天已经黑了。我觉得很冷，有点害怕，因为我一个人在这里。在离开你的房间之前，我用一些衣服盖住自己，因为我感到很冷。但是这些衣服并没有使我暖和起来，不够抵抗夜晚的露水。我是一个可怜、无助、悲惨的人。我什么都不知道，也什么都不懂，但我感到全身都很痛苦，所以我坐下来哭了起来。

接着，天空开始出现了柔和的光芒，我感到很开心。我站起身，看到一道明亮的身影从树林中出现。我惊讶地看着它。它移动得很慢，但它的光芒照亮了我的路，所以我出去寻找浆果。我还是感到冷，但在一棵树下找到了一件大披风。我用它把自己裹起来，坐在地上。我的思绪纷乱，感到轻飘飘的，又饿又渴，四周围着黑暗。我听到很多不同的声音，闻到不同的气味。唯一能清楚看到的就是明亮的月亮，我高兴地凝视着它。

过了几天几夜，月亮变小了，我开始明白自己的感受。我可以清楚地看到给我水的小溪和给我遮荫的树叶。当我意识到经常听到的愉快声音来自围绕在我周围飞行的小动物时，我感到开心。

月亮从夜空中消失，然后又重新出现，但比以前小了。我仍然在森林里。此时，我能更好地理解自己的感受，每天头脑里涌现出新的思想。我的眼睛适应了光线，我可以清楚地看到物体的真实形状。我能区分昆虫和植物，逐渐学会把一种植物和另一种植物区分开来。我发现麻雀发出刺耳的声音，而画眉鸟和画眉则唱出甜美而诱人的歌声。

有一天，天很冷，我发现了一堆被一些乞丐丢弃的火。感到火的温暖我非常高兴。兴奋之中，我用手触摸了火炭，但又迅速抽手了，因为它疼痛。对我来说，同一件事竟然能产生如此不同的效果真是奇怪。我仔细看着火，很高兴地发现它是由木头做成的。我试图收集一些树枝，但它们湿漉漉的，无法烧起来。这让我很伤心，所以我坐在一旁看火。随着湿树枝靠近火源，它们渐渐变干并自燃起来。我思考着这一点，并触摸不同的树枝来弄清原因。然后，我开始收集很多木头，这样我就能把它们晾干并拥有很多火。当夜幕降临，我感到困倦，非常担心我的火会熄灭。我小心翼翼地用干木头和树叶覆盖住火，然后在上面放湿树枝。然后，我在地上铺开我的披风，陷入了深深的睡眠中。

早上醒来时，我首要任务是检查火源。我 uncover 火堆，微风吹过很快生了火。我注意到这点，想了个方法防止余烬熄灭。我自制了一把扇子，它能使火焰复苏。夜幕降临时，我高兴地发现火不仅提供热量，还有亮光。我意识到这个发现对烹饪食物很有用。我找到了一些旅行者留下的剩菜剩饭，它们被烤熟了。它们的味道比我平时从树上摘的浆果好多了。因此，我尝试以同样的方式烹饪我的食物，把它们放在余烬上烤。我发现这种烹饪方式会使浆果变坏，但可以改善坚果和根茎的味道。

155　　食物变得难以找到，我经常整天寻找，但找不到多少橡子来缓解我的饥饿。当我意识到这一点时，我决定离开我一直呆着的地方，并寻找别的地方，那里更容易找到我所需要的少数东西。我真的很难过失去了我不小心点起来的火，而且不知道如何再点燃一座火。我思考了很长时间这个问题，但没能找到解决办法。我花了三天的时间探索，终于找到了开阔的田野。前一天晚上下了很大的雪，一切都被白雪覆盖着。看起来很悲伤，让我感到寒冷。

156　　那是清晨七点左右，我非常需要找到一些食物和住的地方。终于，我发现了一个小屋子，它坐落在一座小山上。这可能是一个放羊人使用的。对我来说，这是一件新鲜事物，因此我非常好奇，走近去看了看。幸运的是，门是开着的，所以我走了进去。里面有一位老人坐在火边，正在做早餐。当他听到我声音时，他尖叫了一声，迅速跑过了田野，尽管他看起来有些虚弱。他奇怪的外表和突然的逃跑让我有点惊讶，但我更加着迷的是这个小屋。它是一个遮风挡雨的避身之所，地面也很干燥。对我来说，这就像是一个美妙的地方，就像《伊甸园》中的恶魔们走出火湖的苦难后，他们看到潘德莫尼恩之城一样。我欣然品尝了放羊人留下的早餐——面包、奶酪、牛奶和葡萄酒，尽管我并不是太喜欢葡萄酒的味道。之后，我太累了，就躺在一堆稻草上睡着了。

157　　我中午醒来，被阳光照在雪地上的温暖所吸引。我决定是时候继续我的旅程了。我把农民早餐剩下的食物装进我找到的一个袋子，穿过田野走了几个小时。到了日落时分，我到达了一个村庄，对我来说简直像个奇迹！简陋的小屋、舒适的农舍和宏伟的房子轮番吸引着我的赞叹。花园里的蔬菜和一些农舍窗户上摆放的奶酪和牛奶让我肚子咕咕叫。好奇心驱使，我走进了其中一个较好的农舍，但我一进去，孩子们尖叫起来，一个女人晕倒了。整个村庄都惊动了，有些人逃跑了，而另一些人则向我发动了攻击。我被石头和各种物品击中，直到我逃到了外面的乡村，浑身是伤。恐惧中，我在一个破旧的小屋里找到了庇护，与村庄里我见过的辉煌宫殿相比，这个小屋显得更糟糕。然而，这个小屋与一个整洁而宜人的农舍相连。经历了最近可怕的经历，我不敢进入那个农舍。我现在的小屋是用木头建造的，很低，我很难坐直。地板是土地，但是很干燥。尽管有很多缝隙，风吹进来，但这里提供了一个避雨避雪的舒适避难所。

158　　我找到了一个破旧的避风处，躲避恶劣的天气和残酷的人们。第二天早上，我离开了我的藏身之地，去看看附近的小屋。它位于小屋的后面，旁边还有一个猪圈。虽然光线不是很好，但对我来说已经足够了。

收拾好新家，把干净的稻草铺在地板上后，我去休息了。我远处看到了一个人，想起了昨晚的遭遇，所以不想冒险被人发现。但在那之前，我确保自己有足够的食物过一天。我拿了一块粗糙的面包和一个杯子，方便我更容易地从附近的小溪中取水。地板稍微隆起，保持了干燥，而且靠近小屋的烟囱，有一些温暖的感觉。

159　　我找到了一个可怜的避难所来躲避恶劣的天气和残忍的人。早晨，我离开了我的藏身之处，去看看附近的小屋。它位于小屋的后面，旁边有一个猪圈。这里有足够的光线，对我来说已经足够好了。

在我的新家进行了布置并在地板上铺上干净的稻草后，我准备休息。我看到了一个远处的人，想起了我上一晚受到的待遇，所以我不想冒险被抓住。但在那之前，我确保自己有足够的食物度过这一天。我拿了一块粗面包和一个杯子，更方便地从附近的小溪喝水。地板稍微抬起来以保持干燥，并且靠近小屋的烟囱让这里有一些温暖感。

160　　我检查了我的住处，发现其中一个窗户曾经是小屋的一部分，但现在已经用木板封起来了。在其中一个木板上，有一个很小的缝隙，可以透过这个缝隙看到里面的情景。透过这个缝隙，我可以看到一个干净但几乎没有家具的小房间。坐在角落里的是一个伤心的老人，他把头放在手中间。那个年轻的女孩忙着整理小屋，但后来她从抽屉里拿出一样东西，坐在老人旁边。老人拿起了一个乐器，开始演奏出最美妙的音乐，比鸟儿的歌声还要甜美。这是一个迷人的场景，特别对我来说，我从未见过这么可爱的事物。老人银白色的头发和和蔼的面孔赢得了我的尊重，而女孩温柔的举止也赢得了我的喜爱。他演奏着一曲悲伤的旋律，让女孩开始哭泣。老人一言不发，直到她大声啜泣。然后他发出几个声音，女孩停止了工作，跪在他面前。他把她抱起来，微笑着用善良和爱意注视着她，我感到一种复杂的情感。这是一种奇怪而强大的感觉，不同于我从饥饿、寒冷、温暖或满足中体验到的任何感觉。我深感压倒，从窗户边退开，无法承受这些强烈的情感。

很快，年轻人背着一捆木材回来了。女孩在门口迎接他，帮他卸下木材。他们把一些木材带进了小屋，加进了火里。然后，他们一起走到小屋的一个温暖角落，年轻人给她看了一块大面包和一块奶酪。他们继续各自的任务。

那个老人陷入了深深的沉思，但当他的伙伴们到来时，他变得更开心了，他们一起坐下来吃饭。他们很快就吃完了饭菜。年轻的女人开始收拾屋子，而老人则在年轻人的臂膀上慢慢散步在阳光下。这两个人很不同，但他们互相补充得非常好。老人头发白了，脸上充满了慈祥和爱意。年轻人身材修长，相貌平衡。但他的眼神和身体语言透露出深深的悲伤和绝望。老人走回小屋，而年轻人拿着不同的工具朝田野那边走去。

夜晚很快来临，我惊讶地发现屋子里的人们有一种方法可以通过使用蜡烛保持灯光。我很兴奋地发现，当太阳落山时，我仍然可以观察到我的邻居们。我看到他们在做一些我不认识的事情。后来我知道，年轻人是在大声朗读，但当时我对字和字母一无所知。

在做这些事情的短暂时间后，这个家庭熄灭了灯光，然后上床睡觉，我猜的。

CHAPTER XII

164 我躺在稻草上，但是我睡不着。我想起了今天发生的事情。对我印象最深的是这些人是多么友善和有礼貌。我想加入他们，但是我太害怕了。我记得昨晚村民们对我很不友善，所以我决定暂时安静地呆在我的小屋里。我要观察他们，试着弄明白他们为什么会做那些事情。

第二天早上，小屋的人在太阳升起之前醒来。年轻女子整理了屋子，并做了早餐，而年轻男子吃完饭就离开了。

白天和前一天一样过去。年轻男子一直在外面忙碌，女孩在屋子里做各种困难的任务。我意识到老人是盲人，他在空闲时间里弹奏乐器或思考。年轻的家人们对待他充满了爱和尊重。他们用善良对待他，他微笑着表示感激。

165 他们并不完全幸福。有时候，年轻的男子和他的朋友会分开，好像在哭泣。我不明白他们为什么如此悲伤，但这深深地影响了我。如果这些美好的存在都不快乐，作为一个不完美而孤独的生物，我也会感到痛苦。但是，为什么这些善良的生物会不快乐呢？他们有一个可爱的房子（至少在我眼中如此），以及他们可能想要的一切。当他们冷时，他们有炉火可以取暖，当他们饿时，有美味的食物可以享用。他们穿着漂亮的衣服，最重要的是，他们拥有彼此。他们每天都显示出爱和善良。那么，引起他们哭泣的原因是什么呢？他们真的感到痛苦吗？起初，我无法找到这些问题的答案。但通过仔细观察和时间，我开始明白一些最初让我困惑的事情。

我花了一段时间才发现这家善良家庭感到如此不安的原因之一：贫困。他们非常受苦。他们只靠他们种在花园里的蔬菜和他们的奶牛产的少量奶存活，尤其是在冬天很难找到足够的食物给奶牛的时候。我相信他们经常挨饿，尤其是家庭中的年轻成员。很多时候，他们会将食物给老人，而自己却没有留下一点。

这个善良的农舍的人们让我感动不已。以前，我经常在晚上拿走一些他们的食物来充饥，但当我意识到这给他们带来了痛苦，我就停止了。相反，我用森林里找到的浆果、坚果和根菜解决了自己的饥饿。

我也找到了另一种帮助他们的方式。年轻人整天都在采集柴火，而晚上我就会拿走他的工具，帮他搬回足够他们几天用的柴火。

我记得第一次这么做的时候，年轻女子早上打开门看到一大堆柴火时很吃惊。她大声说了些什么，年轻男子也跟着一起看起来很惊讶。我很高兴地看到他那天没有去森林。相反，他花了一整天的时间修理了农舍，照料了花园。

我渐渐地做出了一个重要的发现。这些人有一种用口头语言分享他们的经历和感受的方式。我注意到他们所用的词语可以让别人感到快乐或悲伤，甚至使他们笑或显得悲伤。就像一种特殊的能力，我真的想学会它。但是无论我多么努力，我都无法弄明白。他们说话很快，他们所使用的词语似乎与我所看到的事物没有任何联系。我找不到解开这个谜团的线索。然而，在我小屋里度过了许多个月后，我终于学会了他们对熟悉事物的称呼。我学会了火、牛奶、面包和木头等词语。我还记住了他们的名字。年轻男子和他的朋友有许多个名字，但是老人被称为父亲，女孩被称为姐妹或阿加莎，年轻男子被称为兄弟或儿子。当我理解了这些词语的意义并能够自己说出来时，我无法形容我是多么的开心。我也认识了一些其他的词语，尽管我还不知道它们确切的意思。像好、最亲爱的和不快乐等词语。

168　　　我就这样度过了整个冬天。住在小屋里的人们都很善良和友好，我真的很喜欢他们。当他们感到伤心时，我也感到伤心。当他们快乐时，我也分享他们的快乐。除了他们之外，我很少看到其他人，如果有其他人来小屋，我觉得他们很粗鲁，不如我的朋友们那么好。我能感觉到老人在他有时称之为孩子们的时候，试图让他们在伤心时感觉好些。他说话的时候用快乐的声音，表情也很亲切，这也让我感到快乐。阿加莎很尊敬地听着他说话，有时眼睛里闪着眼泪，她想掩饰。但我注意到，她听完父亲的话之后，似乎更加开心了。而菲利克斯则总是这群人中最伤心的。尽管我没有很多经验，但我能看出他经历过很艰难的时候。但是，尽管他看起来很伤心，但当他和老人交谈时，尤其是时，他的声音听起来是快乐的。

169　　　我这个冬天就这样过去了。住在小屋里的人都很善良友好，我真的很喜欢他们。当他们感到伤心时，我也觉得很难过。而当他们快乐时，我也分享他们的快乐。除了他们，我几乎见不到其他人，但如果其他人来到小屋，我觉得他们很粗鲁，不如我的朋友们好。我能看得出来这个老人会尽力让他的孩子们在悲伤时感到好一点。他会用愉快的声音说话，脸上还带着温和的表情，这让我也感到快乐。阿加莎会恭敬地听着他说话，有时眼眶红了，但她努力掩饰住眼泪。但我注意到听了父亲的话后，她似乎更开心了。而费利克斯，总是最伤心的那个人。虽然经验不多，但我能看出他经历过艰难的时刻。但即使他看起来很伤心，和这个老人说话时，他的声音听起来还是很开心的。

170　　　一开始，这篇文章让我很困惑，但后来我意识到，当那个人读书时，他发出的声音和他说话时的声音很相似。所以，我猜想他能够把纸上的符号理解为文字。我真的很想理解这些文字，但是我不懂它们所代表的声音，怎么办呢？我有一个想法。如果我懂他们的语言，也许他们会忽略我的外貌，因为我总是觉得自己和他们的美丽形成鲜明的对比。

　　　我很钦佩村民们完美的外表——他们拥有光滑的皮肤，优雅而美丽。但当我在一个清澈的水池中看到自己的倒影时，我意识到自己简直是个怪物。我毫不知情，这个外表会给我带来多么可怕的后果。

随着太阳变得更加炎热，日子变得更长，费利克斯有更多的工作要做，与此同时，食物短缺的迹象也消失了。我后来了解到，他们的食物虽然粗糙但对他们很好，而且他们能够得到足够的食物。新的植物开始在花园里生长。

老人扶着他的儿子，每天中午都会去散步，除非下雨，他们称之为从天空中倾泻而下的水。这种情况经常发生，但是一阵强风很快就会把地面吹干，季节变得比之前更加愉快了。

在我那个小避难所里，我每天的日常都是一样的。早上，我会观察屋主们在忙什么，然后他们忙碌的时候，我就会睡觉。在剩下的时间里，我会观察我的朋友们。晚上，如果有月亮或星星在照耀，我就会去森林里采集食物和柴火，为屋舍做准备。当我回来的时候，我会把他们的路上的雪清理干净，并且做一些像菲利克斯做的有益的事情。后来，我发现他们对这些被一个看不见的人完成的杂务感到惊讶。有时候，我听到他们说一些"好善灵"和"太棒了"的话，但当时我不了解这些词的意思。

我开始思考更多，并对这些善良的费利克斯和阿加莎的悲伤感到好奇。我愚蠢地相信我可以让他们再次快乐起来。当我睡觉或不在他们身边时，我会梦见睿智的盲父、温柔的阿加莎和优秀的费利克斯。如果我能够见到他们，我想他们一开始会感到厌恶，直到我通过善良的行为和友好的言辞赢得他们的喜爱。

这些想法让我激动起来，并激励我更加努力地学习他们的语言。我知道这是赢得他们的爱和尊重的一种方式。

温暖的春雨和阳光让大地看起来不一样了。过去躲在洞穴里的人们出来开始做不同种类的农活。鸟儿开始更欢快地唱歌，树叶开始生长。地球如此幸福和完美，即使不久之前还是寒冷、潮湿和不健康的。看到美丽的自然景色，我感到快乐，忘记了过去。现在一切都平静了，我对未来感到充满希望和兴奋。

CHAPTER XIII

175 现在我想谈谈我故事中最感人的部分。我会告诉你一些让我感受到改变自己的事件。

随着春天的到来，天气变得更好，天空也变得晴朗。我惊讶地发现之前空荡荡和黑暗的地方现在都充满了美丽的花朵和绿意。

在这其中的一天，当乡间小屋的人们从工作中休息时，老人弹奏起他的吉他，孩子们聆听着。但我注意到费利克斯，那个孩子，脸上带着非常悲伤的表情。他不断叹气，有一刻他的父亲停下了弹奏，似乎在问他为什么难过。费利克斯用欢快的声音回答，老人继续弹奏他的音乐时，有人敲了敲门。

176 "是一位骑马的女士，由一位乡民作为向导陪同。女士穿着一套黑色的衣服，蒙着一层厚厚的黑色面纱。阿加莎提了个问题，陌生人只回答了一句甜蜜口音的费利克斯的名字。她的声音很悦耳，但与我的任何一个朋友的声音都不相同。费利克斯听到这个词后，迅速走过来。女人展露出她美丽的脸和秀发。她令人惊艳。"

177 费利克斯看到她时欣喜若狂。他所有的悲伤都消失了，脸上立刻洋溢着极大的幸福，这是我从未见过的。他的眼睛闪烁，脸颊因喜悦而泛红。在那一刻，我觉得他看起来像那位女士一样美丽。她似乎有不同的情绪。她从眼睛里抹去几滴泪水，伸出手向费利克斯，他兴奋地亲吻了她的手。他称她为"他的甜蜜阿拉伯人"，但她似乎不能理解。她只是微笑。他帮她下马，告诉她的引路人离开。然后，他带她进了小屋。他与父亲交谈，年轻女士跪在老人面前。她想亲吻他的手，但他抱起她，亲切地拥抱着她。

178　　我很快注意到，陌生人的话听起来像真正的词语。她使用了我无法理解的手势，但我能看出她的存在给小屋带来了幸福。菲利克斯尤其开心，热情地欢迎着陌生人。阿加莎，一向心地善良，亲吻了这位可爱的陌生人的手。她指着她的兄弟，并做出一些手势，似乎意味着在她到来之前他一直很伤心。几个小时这样过去了，他们的脸上都显示着快乐，尽管我不明白为什么。然后，我注意到陌生人一遍又一遍地在他们后面重复着一个声音，试图学习他们的语言。这给了我一个学习的思路。第一课，陌生人学会了大约二十个词汇。我已经了解了其中大部分，但也学到了一些新的词。

179　　夜晚降临时，阿加莎和那位阿拉伯人早早地就去睡觉了。当他们道别的时候，费利克斯吻了陌生人的手，说："晚安，可爱的萨菲。"从那时起，他经常谈起她。

　　第二天早上，费利克斯去工作了，阿加莎完成了她通常的任务后，那位阿拉伯人坐在老人的脚边。她拿起他的吉他弹奏了一些令人感到既伤感又快乐的美妙曲子。老人似乎被迷住了，说了一些阿加莎试图向萨菲解释的话。他似乎想表达出她的音乐给他带来了多少快乐。

180　　过了些日子，日子一直平静宁和谐，我朋友们脸上的忧伤渐渐被喜悦所替代。萨菲和我在学习语言方面进展神速，两个月不到的时间，我已经能听懂大部分我保护者们的对话了。

　　在这段时间里，大地变得黑黑的，到处覆盖着各种绿色的植物，绿色的岸边开满了美丽的花朵，散发着甜美的香气。我喜欢夜晚的散步，但白天我还是胆怯，因为记得在第一个村庄受过的虐待。

　　我全身心地投入到学习语言中去，每天都努力不懈地学习。我也学会了阅读和写作，就像陌生人所教的一样。这为我打开了一个神奇的知识世界，带给了我极大的快乐。

181 　　费利克斯用来教萨菲的书名叫做《帝国的废墟》。如果费利克斯没有在阅读时详细解释，我是不会理解这本书的。他选择这本书是因为它的写作风格与东方作家相似。通过阅读这本书，我对历史有了基本的了解，学到了世界上不同的帝国。它让我窥见到各个国家的风俗、政府和宗教。我了解了亚洲人民随和的性格，希腊人的聪明才智和创造力，以及早期罗马人的战争和卓越品德。我也了解了强大的罗马帝国的逐渐衰落，以及骑士精神、基督教和国王的概念。我发现了美洲的发现故事，和萨菲一样，为原住民的不幸命运感到悲伤。

182 　　这些奇妙的故事激发了我的灵感。成为一位伟大和德行高尚的人似乎是最崇高的荣誉，而残忍和愚蠢则是人最可悲的品质。很长一段时间我都无法理解为什么一个人会去谋杀他的同类，甚至为什么会有法律和政府。当我听到邪恶和流血的细节时，我的好奇心消失了，我感到厌恶和憎恶。

　　如今，小屋居民的每一次交谈都给我带来新的惊奇。当我聆听费利克斯对阿拉伯人的教导时，奇特的人类社会体系向我展开。我学到了很多知识。

183 　　这些话让我开始思考自己。我了解到人们最看重的两件事就是出生在一个富有受人尊敬的家庭。如果一个人只拥有其中之一，他们仍然会受到尊敬。但是如果他们两者都没有，他们就被认为毫无价值，被像奴隶一样对待，被迫为少数富有的人工作。那我呢？我没有任何钱、朋友或任何财物。而且，我的外表非常丑陋和令人反感。我甚至不是人类的一种。我比人类快，可以依靠更少的食物生存。我可以更好地承受极端温度。而且，我比他们高得多。当我四处看时，我并没有看到像我这样的人。这是否意味着我是个怪物？每个人都会逃跑和拒绝我吗？

　　无法形容这些想法给我带来了多么大的痛苦。我尽力忘记它们，但我了解的越多，我变得越悲伤。哦，我多希望我永远留在我的森林里，对于超越饥饿、口渴和炎热之外的一切毫不知觉。

184 　　知识是个奇怪的东西！一旦进入你的脑海，它就像块石头上的小植物一样固执地留在那里。有时候，我想摆脱所有的思考和感受。但我发现，停止感受痛苦的唯一办法就是死亡，虽然我并不真正理解它。我崇拜良好的行为和善良的情感。我喜欢山屋里的人们的礼貌和友善。但我无法公开地与他们互动。我只能暗暗地观察他们，并在他们不知情的情况下向他们学习。这只让我更想成为他们世界的一部分。阿加莎的亲切话语和阿拉伯人的开心笑容并不属于我。老人的智慧建议和我所喜爱的费利克斯的愉快对话也不属于我。我是个可怜、不快乐的人！

我还学到了其他重要的课程。我听说了男孩和女孩之间的区别。我了解了婴儿的诞生和成长。我看到了父亲们喜欢孩子们的笑容，喜爱和他们的大孩子一起玩耍。我看到了母亲们将一生奉献给照顾孩子们。我了解了年轻人的思维如何成长和获取知识。我了解了兄弟姐妹和人们作为家庭成员之间各种不同的联系方式。

但是我的朋友和家人在哪里呢？当我还是个婴儿的时候，没有父亲看护着我，也没有母亲用微笑和拥抱给我爱。或许他们真的存在过，但是我的记忆中一片空白，什么都记不起来。从我记得的最早的时候开始，我的身高和身形就一直没有变化。我从未见过任何一个长得像我或者声称认识我的人。我是谁？这个问题一直困扰着我，而唯一的回答就是愤怒地呻吟。

我会很快就解释这些感受将引导我去往何方，但是现在让我回到谈谈小屋里的人们。他们的故事给了我许多不同的情感 - 愤怒，快乐和惊奇。但最后，这一切都变成了更多对我的保护者的爱和钦佩（尽管这是一种幼稚的欺骗自己的方式）

CHAPTER XIV

186 过了一段时间我才了解了我的朋友们的故事。这个故事给我留下了深刻的印象。

老人的名字叫德莱西，他来自法国一个有声望的家庭。他在那里生活了很多年，享受着繁荣的生活，并获得了周围人的尊敬。他的儿子为国家服务，而阿加莎则与高贵的女士们交往。就在我到达之前的几个月，他们住在一个名为巴黎的富丽堂皇的城市里。他们周围有朋友，拥有他们所需的一切——美德、智慧、修养和舒适的财富。

德莱西一家的衰落是由赛菲的父亲造成的。他是一位来自土耳其的商人，已经在巴黎生活了很多年。我不知道原因，他成为政府的目标。赛菲刚从君士坦丁堡来到巴黎与他团聚的那天，他被逮捕并投入监狱。随后，他接受了审判并被判处死刑。他的惩罚之不公正显而易见，巴黎人民义愤填膺。人们认为，他的宗教和财富，而不是所谓的罪行，导致了他的遭遇。

187 在我了解到朋友们的故事之前，花了一些时间。这个故事给我留下了深刻的印象。

德莱西老人，他的名字叫做德·莱西，来自法国一个很体面的家庭。他在那里生活了很多年，享受着繁荣的生活，并赢得了周围人的尊敬。他的儿子为国家服务，而阿加莎则与地位崇高的贵族女士们交往。就在我到来的几个月之前，他们居住在一个宏伟而奢华的城市叫作巴黎。他们周围有朋友，拥有一切他们所需的——美德、才智、修养和一笔可观的财富。

莱西家族的崩溃是由萨菲的父亲引起的。他是一位来自土耳其的商人，他在巴黎生活了很多年。我不知道其中的原因，他成为了政府的目标。就在萨菲从君士坦丁堡到巴黎与其团聚的当天，他被逮捕并关进了监狱。然后他被审判并判处死刑。他受到的不公正待遇显而易见，巴黎的人们义愤填膺。人们相信，他的宗教和财富，而不是所谓的罪行，导致了他的遭遇。

在商人准备逃离的几天里，菲利克斯收到了这个女孩写的几封信，这让他更加坚定了决心。尽管她不会说他的语言，但她找到了一种沟通的方式。在这些信中，她感谢菲利克斯帮助她的父亲，并表达了对自己状况的悲伤。

我有这些信的复制件，因为在我住的棚屋里找到了写作材料。菲利克斯和阿迦莎经常阅读这些信。在我离开之前，我会给你这些信作为证明我的故事的证据。但是现在，太阳要落山了，我只有时间告诉你主要的内容。

萨菲解释说，她的独立精神是由她的母亲灌输的，这在穆罕默德的女追随者中是被禁止的。虽然她的母亲已经去世了，但她所受的教导深深地印在了萨菲的心中，她对再次回到亚洲的想法感到病恹恹。这只会使她孤立无助，过上她不想要的生活。而嫁给一个基督徒，并且留在一个妇女被允许在社会中占据一席之地的国家，对她来说是迷人的。

"土耳其人被执行的日子已经确定了，但在之前的夜晚，他逃离了监狱，并且在天亮之前已经离开巴黎很远的地方了。菲利克斯以他父亲、姐妹和自己的名字获得了护照。他之前已经向父亲透露了他的计划，父亲帮助他假装要去旅行，并与女儿一起躲藏在巴黎的一个偏僻地区。"

费利克斯引领逃亡的一家人穿越法国，商人打算在适当的时机进入土耳其领土。

赛菲决定留在父亲身边直到他离开。费利克斯与他们待在一起，急切地等待那一刻。与此同时，他喜欢赛菲的陪伴。赛菲用自己祖国美妙的歌声让费利克斯高兴起来。

土耳其人容许赛菲和费利克斯的亲密关系不断加深，甚至鼓励他们年轻的爱情，内心却隐藏了自己的真实意图。他秘密地看不起女儿与基督徒结婚的想法，但他害怕费利克斯如果表现出不满就会发怒。土耳其人知道他仍然依赖费利克斯来维持他们的秘密，因为费利克斯可以随意将他们暴露给意大利当局。土耳其人设计了多个计划来保持欺骗，直到这种欺骗变得不再必要。然后，他会在离开时偷偷带走女儿。从巴黎传来的消息有助于他的计谋。

191　　法国政府对于囚犯逃跑感到非常愤怒，他们努力寻找并惩罚帮助他的人。Felix的计划很快被揭穿，德莱西和阿伽莎被关进监狱。当Felix听到这个消息时，他从幸福的思绪中被惊醒。他那个年老而又盲目的父亲和善良的姐姐被困在肮脏的牢房中，而他却在外自由自在地享受着和心爱的人在一起。这个想法折磨着他。他迅速与土耳其人达成协议，如果在Felix能够返回意大利之前他们找到一个好机会逃跑，Safie会留在莱贡的修道院。然后，他抛下他亲爱的阿拉伯伴侣，匆忙前往巴黎自首，希望能够拯救德莱西和阿伽莎。

　　但他失败了。他们被关押了五个月，直到审判发生，他们被剥夺了财富，被迫离开了家园。

　　他们在德国找到了一个可怜的小屋子住下，我在那里发现了他们。Felix很快得知，那个带给他和他的家人如此多痛苦的阿拉伯人，成了背离仁慈和荣誉的叛徒。那个阿拉伯人带着他的女儿离开了意大利，并送给了Felix一点点钱，仿佛在嘲弄他，说这可以帮助他找到未来的生计。

192　　当我第一次遇见Felix的时候，他心中承受着如此沉重的事情，使他成为家人中最不幸的人。他本可以应对贫穷，如果因为他的善良而受苦，他会为此感到骄傲。但是，土耳其人的忘恩负义和失去心爱的Safie更糟糕，无法挽回。然后，当阿拉伯人到来时，Felix又重新感到了生活的活力。

　　当莱斯岸的人们得知Felix失去了所有的钱财和社会地位的消息时，商人告诉他的女儿要忘记她的恋人，开始准备回到他们的祖国。Safie不喜欢这个安排，试图与她父亲谈论，但他走了，非常生气。

　　几天后，土耳其人走进女儿的房间，迅速告诉她，他有理由相信莱斯岸的人们知道他们的下落。他认为法国政府很快会抓捕他。因此，他雇了一艘船将他带到君士坦丁堡，几个小时后他将启航。他计划将女儿留给一个可信赖的仆人，她将在后来带着大部分的钱财来，这些钱财还没有到达莱斯岸。

193 当Safie独自一人时，她思考在这个困境中应该怎么办。她真的不想生活在土耳其，因为这违背了她的宗教和感受。她发现了一些属于父亲的文件，上面提到她的恋人被流放，告诉她他现在住在哪里。她思考了一会儿，最后下定决心。她带上一些珠宝和一些钱，和一个会说土耳其语的里维未恩的仆人一起离开意大利去德国。

她安全地到达了德莱西庄园附近的一个小镇，但是她的仆人病得很厉害。Safie全心全意地照顾她，但可悲的是，这名仆人去世了。现在Safie孤身一人，对这个国家的语言和事物一无所知。但幸运的是，她最终得到了安全保护。意大利人提到了他们要去的地方的名字，当仆人去世后，他们住过的房子的女主人确保Safie安全地到达她的恋人的小屋。

CHAPTER XV

这是我们希望您改写的段落：

"这就是我心爱的小屋主人的历史。这深深地给我留下了印象，我觉得他们真是好心肠的人。

"然而，我也正处在一个学习的阶段。在同一年的8月初，发生了一件重要的事件。

"一天晚上，我去附近的森林采集食物，给我的保护人们带回一些柴火。在地上我发现了一捆故事书。这太奇怪了，但我非常兴奋试着翻阅回我的茅舍。我搜集到了《失乐园》，一本《普鲁塔克的传记》和《韦尔特的悲伤》的故事集。我感到非常高兴——这是对我的思维锻炼！

这些书给我带来了很多新的感受和想象。有时候，它们让我感到非常开心。但大部分时间，它们让我感到非常伤心。在《少年维特的烦恼》中，除了有趣又悲伤的故事，它还谈到了很多以前让我迷惑的不同观点。它让我一直思考和思索。这本书描述了善良和仁爱的人们，他们也有着远大的梦想。它让我想起了照顾我的人和我生活中渴望的事物。但是我认为维特甚至比我见过的任何真实人物都更了不起。他不假装成别人，这给我留下了很大的印象。关于死亡和自杀的部分真的很令人惊讶。我并没有完全理解它们，但我为主人公感到非常伤心，即使我不知道为什么。

当我读着的时候，我不禁把书中的词语与我的感受和情况联系在一起。我在书中的角色和自己之间看到了一些相似之处，但也注意到了一些不同之处。我理解并为他们感同身受，但我还在成长和摸索中。我并不依赖任何人，也没有人依赖我。我有自由去任何地方，消失了也没有人会感到难过。人们觉得我看起来很糟糕，很庞大。那意味着什么？我是谁？我是什么？我从哪里来？我要去哪里？这些问题一直存在，但我找不到答案。

我有一本书，叫做《普鲁塔克传》。这本书讲述了古代共和国的首领的故事。读这本书和读《韦尔特的悲伤》完全不一样。虽然《韦尔特的悲伤》让我感到悲伤和沮丧，但《普鲁塔克传》却给了我好的思考启示。它把我从自己悲伤的想法中解放出来。我读到关于政府和战争的人物的故事。它让我对做善事充满热情，对做坏事感到厌恶。我开始欣赏像努马、索隆和吕库格斯这样的和平立法者，而不是像罗慕路斯和忒修斯这样的侵略性领导人。在我监护人的生活方式中，这些想法变得非常重要。如果我通过一个希望功名和伤害他人的年轻士兵来第一次接触人，也许我会有不同的感受。

《失乐园》让我产生了完全不同并更强烈的感受。我读它时像读一个真实的故事，就像之前读过的其他书一样。它激发了各种惊人和敬畏的感情。我不禁对强大的上帝与自己的创造物斗争的形象感到惊奇。有时，我会在书中的情境与我自己的生活中找到相似之处。

像亚当一样，似乎我与世界上其他人没有联系。但相似之处就到此为止了。亚当被上帝创造得完美，他快乐且拥有一切所需。他甚至可以与更高级的存在交谈和学习。但我却悲惨、无助且孤独。经常当我看到我的保护者们有多幸福时，我觉得我更像撒旦，感到痛苦的嫉妒。

还有一件事发生了，让我的感觉更加强烈。在我来到这个小棚子后，我在你实验室的裙子口袋里发现了一些纸张。起初，我并没有太在意它们。但是当我学会读懂上面写着的字句后，我开始仔细地研究它们。那些纸张是你在我被创造之前的四个月里写下的日志。你记录了你在研究这个项目时迈出的每一步。你还写下了家中发生的事情。你可能还记得这些纸张。现在它们在这里。它们详细地描述了我的悲惨起源。它们详细地描述了导致我的存在的一切可怕的事情。它们甚至包括了我令人恶心的外貌的非常详细的描述。读完它们让我感到恶心。"我是多么可怕的一天啊，当我诞生的时候！"我痛苦地呼喊。"你，创造我的那个人，为什么要创造如此丑陋的怪物？连你自己都厌恶地转身离开我？上帝创造人类的形象如此美丽，与祂相似，而我的形象却是你的可怕反射，甚至更糟糕。撒旦有他的同伴，其他的魔鬼，陪伴着他，让他感到自豪。但我完全孤独并且被厌恶。"

200　　这是我在悲伤和孤独的时候的想法。但是当我想到小屋里的人们的优点，他们是多么善良和关心他人，我觉得他们会为我感到难过，不会在乎我的外貌。无论多奇怪的人，只要他请求他们的善意和友谊，他们会拒绝吗？我决定不放弃希望，尽一切可能准备迎接与他们的见面，这将决定我的未来。我决定再等几个月，我想更加准备充分。

201　　在这个小屋里发生了一些变化。赛菲的到来让屋子里的人们充满了幸福感。费利克斯和阿加莎感到满足和快乐。他们的情感是宁静和平和的，而我的感情却一天比一天更加混乱。对知识的增加只让我更清楚地意识到我是一个可怜的流浪者。我怀着希望，但当我看到自己在水中的倒影时，它就消失了。

　　我试图压制这些恐惧。然而，我是孤独的。我甚至连我的创造者都没有。我的创造者到底在哪里？他抛弃了我，我在心中痛苦地咒骂他。

202　　秋天就这样过去了。看到树叶枯萎凋零，世界变得荒凉而贫瘠，就像我第一次看到森林和美丽的月亮时一样，我感到惊讶和悲伤。但由于我的构造方式，冷对我来说并不像炎热那样困扰。我的最爱是花儿、鸟儿以及夏天所有明亮和欢快的事物。当这些事物消失后，我开始更加关注小屋里的人们。夏天的离去并没有让他们变得不那么幸福。他们彼此相爱、关心彼此，他们的幸福并没有被周围不好的事物所影响。我越是看到他们，越想让他们保护我，对我友善。我真的希望他们了解我，喜欢我。我无法忍受他们拒绝和憎恶我这个念头。来到他们门前的可怜人从未被拒之门外。我确实请求的不仅仅是一点食物和一个休息的地方。我需要的是友善和理解，但在内心深处，我并不认为我完全不值得得到这些。

冬天来了，自从我活过来以后，季节也发生了变化。现在我将注意力集中在向照顾我的人们介绍自己的计划上。我想了很多不同的主意，但最后决定等到老人独自一人的时候悄悄进入他们的房子。我意识到人们最害怕的是我的外貌，而不是我的声音。所以，我相信如果我能赢得老德莱西的信任并得到他的帮助，也许其他人也会接受我。

有一天，阳光明媚，地面上布满红叶，莎菲、阿加莎和费利克斯一家在乡间远足。老人自己选择留在小屋里。他的孩子们离开后，他拿起吉他弹奏了几首悲伤而美丽的曲子。这次的表演比我以前听到的更加美丽和悲伤。起初，他看起来很开心，但当他演奏时，他变得思考和忧伤。最终，他停止了演奏，坐在那里陷入沉思。

我的心跳加快了。这是决定我的希望能否实现、我的恐惧能否成真的时刻。仆人们都去了附近的集市。小屋内外一片寂静。这是个绝佳的机会。然而，一旦我开始行动，我突然感到非常紧张。我深吸一口新鲜空气。

我敲门了。老人问道："是谁？""请进。"他说。

我走了进去："打扰了，"我说："我在旅行途中需要休息。能在你的火炉旁坐一会儿吗？"

"进来吧，"德莱西说，"我会尽力帮助你的。我的孩子们都出去了，而且我是盲人，所以我现在可能不是个好主人。"

"请不用费心。我有吃的，只需要一个坐的地方。"

我们默默地坐着，最后，老人对我说：

"陌生人，从你的语言来看，我猜你是附近的人。你是法国人吗？"

"不，但我从一个法国家庭学到了一些。我还将要求其他我稍微认识的人帮助我。"

"他们是德国人吗？"

"不，他们是法国人。不过，我们来谈谈其他的事情吧。我是一个孤独的人。环顾四周，我在这个世界上没有家人或朋友。这些善良的人从来没有见过我，对我了解甚少。我心充满了恐惧，因为如果他们拒绝我，我将永远成为一个被排斥的人。"

"不要失去希望。对你的希望要有信心。如果这些人善良而友好，不要放弃。"

"他们是善良的。他们是世界上最好的人。我只是有点担心，他们可能不会看到一个关心和友善的人，而只会看到一个可怕的怪物。"

"这真是不幸。但如果你真的没有做错什么，难道你不能证明他们是错的吗？"

"我很害怕。我非常在乎这些人，我也为他们做了善良的事情，但他们可能会认为我想伤害他们。我想改变他们对我的看法。"

"你的朋友住在哪里？"一个人问道。

"他们住在这附近，"老人回答道。

老人停顿了一会儿，然后说："如果你把你的故事告诉我，不留下任何东西，也许我能帮你。我是个盲人。我可能还穷，离家很远，但能帮助别人会让我真正快乐。"

"你是一个如此善良的人！感谢你的帮助。我已经感到更有希望了。我担心他们认为我做了坏事，但我向你保证我没有。"

"诚实是很重要的。我也曾经遭遇过悲剧。我的家人和我曾经被不公正地指责过，所以我知道遭受痛苦是什么样子。"

"怎么感谢你，我最好的、也是唯一能帮助我的人？你是第一个对我友善的人。我现在准备去见我的朋友们了。"

"你能告诉我他们的名字和住在哪里吗？"

我犹豫了。我知道这是一个关键时刻，要么给我带来幸福，要么夺走它。我努力找到回答的勇气，但我的努力耗尽了我的力气。我跌坐在椅子上，开始哭泣。就在那时，我听到了我的年轻保护者的脚步声。时间不多了。我抓住老人的手，恳求道："现在是时候了！请拯救和保护我！你和你的家人就是我寻找的朋友。请在我最需要帮助的时候不要抛弃我！"

老人惊呼："噢，我的天哪！你是谁？"

就在这时，小屋的门被打开了，费利克斯、莎菲和阿加莎走了进来。当他们看到我时，他们的恐怖可想而知。阿加莎昏倒了，莎菲无力帮忙，冲出了小屋。费利克斯冲了过来，用棍子猛击了我。我本可以将他撕成碎片，但我的内心却很沉重。我逃到了小屋后面的我的巢穴。

CHAPTER XVI

209 "恶魔一般，我咒骂着我的创造者！为什么我必须继续活下去？为什么，在那一刻，我没有终结你给予我的这个生命？我不明白；绝望还没有完全占据我的心灵。我的心中充满了愤怒和复仇的欲望。我渴望摧毁那座小屋里的所有人，享受他们的尖叫和痛苦。

夜晚降临时，我离开了我的藏身之处，在森林中漫步。没有被发现的恐惧，我发出可怕的哀嚎来表达我的痛苦。我就像一只被解救出陷阱的野兽，摧毁我所经过的一切，以鹿般的速度穿越树林。哦，我度过了多么悲惨的一夜！寒冷的星星嘲笑着我，光秃的树枝在我头上摇曳。时而，一只鸟的甜美声音打破了寂静。除了我，每个人都平安或者是享受着生活。而我，内心充满了地狱般的折磨。我感到无比孤独和被误解，我渴望连树木都拔起根来，制造混乱和毁灭，然后坐下来陶醉于破坏之中。"

210 可这种美妙的感觉无法持续。我感到疲倦和无助。从那一刻起，我宣布对所有人类，尤其是那个创造我的人，对所有这些让我承受无尽痛苦的人展开战争。

太阳升起来了。我听到人们说话声，知道白天剩下的时间我无法回到躲藏的地方。所以，我在丛林中找到了一个隐蔽的地方，决定花几个小时来思考我的处境。

温暖的阳光和新鲜的空气给我带来了一些平静；当我想起在小屋中所发生的事情时，我意识到我可能行动过快了。我肯定犯了一些错误。很明显，我的对话让父亲对我产生了兴趣，而我却愚蠢地暴露给他的孩子们带来了恐怖。我应该慢慢赢得老德莱西的信任，然后在他们准备好见我时，逐渐向其他家庭成员展示我的存在。但我并不认为我的错误是无法修复的；思考了很长时间后，我决定回到小屋，找到老人，并试图说服他加入我的一方。

这些想法让我平静下来，下午我陷入了一个深深的睡眠，但是我鲜血的热病使我做了噩梦。最终，当夜幕降临，我从隐蔽处悄悄地爬出来，去寻找食物。

吃过之后，我爬回我的小洞里。早晨来了，屋子里很暗，我听不到任何动静。我非常担心。我无法描述出这种悬念的痛苦。

不久，两个人走了过去，但我不知道他们在说什么。之后不久，费利克斯和另一个人走近了。我很惊讶，因为我知道他早晨并没有离开小屋，我焦急地等待着看看发生了什么事。

"你觉得，"他的朋友对他说，"你会被要求支付三个月的房租和失去你的菜园收成吗？我不想占你便宜，所以我请你花些时间考虑你的决定。"

"没用的。"费利克斯回答道。"我们再也不能住在你的小屋里了。因为我告诉了你一些事情，我父亲的生命悬在一线。我妻子和姐姐永远无法从这可怕的经历中恢复过来。请不要再劝我了。把你的房子收回去，让我离开这个地方。"

费利克斯说话时颤抖着。他和朋友走进小屋，在那里待了几分钟后离开。我再也没见过De Lacey一家人了。

我整整一天都在自己的小房子里感到完全无望和愚蠢。我的保护者们已经离开了，打破了我与世界联系的唯一东西。这是我第一次强烈地想要复仇和憎恨。我对德莱西家人充满了温情，但当我再次想起他们拒绝并抛弃了我时，愤怒又回来了，强烈的愤怒。因为我不能伤害任何人，所以我把愤怒指向那些不能感觉到任何东西的物体。夜幕降临时，我在小屋周围放置了各种易燃物品，在摧毁了花园的一切后，我不耐烦地等待月亮落下，好开始我的计划。

当夜色渐深，一股强风从林子里吹来，把遮在天空中的云朵吹散了。这股风劲，像一座巨大的雪崩，让我感觉好像要发疯了一样。我找到了一根枯树枝，点燃了它。然后，我疯狂地在小屋周围跳舞，目光盯着快要接触地平线的月亮。终于，月亮开始被地平线遮挡住，我挥舞着着火的树枝，它沉了下去，然后我发出一声大叫，将我收集的稻草、石楠和灌木烧了起来。风越来越大，火焰迅速把小屋围起来，用它们毁灭性的舌头舔舐着。

当我意识到没有人可以拯救房子的任何部分时，我离开了现场，寻找附近的树林作为避难所。

现在，我应该去哪里呢？我想过要试着找到你。你提到过你的家乡名叫日内瓦；我就决定朝这个地方前进。

可是我该怎么找到那个地方呢？我一点都想不明白。我只知道我必须找到你。我需要答案，你需要给我解释。

我的旅途漫长而辛苦。我在深秋离开了我长久居住的地方。我只在夜晚旅行，因为我害怕见到其他人类。我周围的大自然正在死去。离你居住的地方越近，我的复仇心就越强烈。雪花纷纷而下，一切都被冰封，但我没有停下来。有时，我会遇到一些东西指引我前进，我也有地图，但我常常迷路。我的痛苦让我无法休息。每一件小事都加剧了我的愤怒和痛苦。但当我到达瑞士的边界时，当太阳开始再次升温，大地变得绿意盎然，我的情绪变得更加痛苦和可怕。

我经历了很长的旅程，并且受了很多的苦。我在深秋离开了我生活了很长时间的地方。为了不想碰见其他人，我只在夜里旅行。我周围的自然开始渐渐凋零。离你所在地越近，我就越觉得心怀复仇。雪花飘落，一切都冰冻了，但我没有停下脚步。有时候，我会找到一些指引的线索，还有一张地图，但我经常迷路。痛苦让我无法休息。每一个细小的事情都加剧了我的愤怒和痛苦。但当我到达瑞士边界的时候，阳光开始再次温暖，大地变得绿意盎然，我的感觉变得更加痛苦和可怕。

我沿着森林的小路一直前行，直到到达森林的边缘，那里有一条深深且湍急的河流。一些树枝上长满了新春的嫩叶，还倾斜在河上。我不知道该往哪个方向走，于是停下来，听到了声音。我决定躲在一棵柏树下。就在那时，一个年轻的女孩向我跑来，笑着仿佛在玩追逐的游戏。她一直沿着陡峭的河岸跑，突然一下子滑倒，摔进了湍急的水中。我本能地冲出了藏身之地，用尽全力救她并把她带到岸边。她昏迷了，我尽了一切努力尝试把她唤醒。突然，一个农村人，可能是她玩耍的伙伴，朝我们走来。当他看到我时，他从我手中夺走了那个女孩，快速地朝森林深处跑去。我紧随其后，不知道为什么。可当他看到我靠近时，他指着我开枪射击。我倒在地上，他迅速逃进了森林。

219　　这是我善良的回报！我曾经救了一个人的命，但换来的却是我深深的伤口带来的痛苦。刚刚还充满善意和温柔的感觉被愤怒和对所有人的仇恨所取代。剧痛让我晕倒了。

接下来的几周时间，我在森林里过着悲惨的生活，试图治愈伤口。我不知道子弹是否还停留在体内，或者是否已经穿透。而且，我无法将其取出。每天，我发誓要报仇。

几周后，我的伤口终于痊愈，我继续我的旅程。我所经历的困难再也不能被温暖的阳光或春风抚慰。任何快乐都像一个残酷的玩笑，让我想起我孤独的存在和无法找到幸福的事实。

但是，我的苦难即将结束。两个月后，我来到了日内瓦附近。

220　　天色已晚，我找到了一个躲藏在城镇周围田野中的地方。我需要一些时间来思考如何接近你。我又累又饿，对柔和的晚风或高耸的于拉山脉后落下的太阳的景象无法感受到任何快乐。

就在那一刻，我陷入了浅浅的睡眠，从混乱的思绪中得到了一些宁静的缓解。然而，我的休息被一个可爱的孩子的到来打断了，他跑进了我选择的藏身之地，充满了青春的快乐能量。当我看着他的时候，一个主意突然冒出来——这个小孩无辜，还没有足够的时间去培养恐惧畸形的情绪。如果我能带他走并把他当做我的伴侣和朋友来抚养，或许在这个拥挤的世界里我就不会感到那么孤独了。

受这个冲动驱使，当他经过时我抓住了这个孩子，把他拉到我的身边。当他看到我的样子的那一刻，他用双手捂住了眼睛并发出了尖叫。我强行拉开他的手，说道："孩子，你为什么这样反应？我不想伤害你，听我说。"

他挣扎着抵抗我的控制，大声喊道："放开我！你这个怪物！丑陋的生物！你想吃掉我，撕碎我！你是个怪物！放开我，否则我会告诉我爸爸！"

"孩子，你再也见不到你的爸爸了。你必须跟我走，"我回答道。

"可怕的怪物！放开我！我爸爸是个重要人物。他叫弗兰肯斯坦先生，是一个市政官。他会惩罚你的。你不能留住我！"

夜晚降临时，我来到了一片环绕着小镇的田野，找了一个地方躲藏起来。我需要时间思考如何接近你。我又累又饿，心情低落，无法欣赏轻柔的夜晚微风，也无法欣赏太阳在高耸的朱拉山后落下的美景。

就在那个时刻，我陷入了浅浅的睡眠，从烦恼的思绪中找到了一些解脱。然而，我的休息被一个可爱的孩子打断了，他跑进了我选择的躲藏地，充满了年轻人的快乐活力。当我看着他时，一个想法突然闪过 - 这个小孩是无辜的，还没有来得及对"畸形"产生恐惧。如果我能把他带走，把他当作伴侣和朋友一起成长，也许在这个拥挤的世界里，我就不会感到那么孤独了。

受到这个冲动的驱使，当他经过时，我抓住了那个孩子，把他拉到了我的身边。他一看到我的样子，立刻用双手捂住了眼睛，发出了尖利的尖叫声。我强行将他的手从脸上拿开，说道："孩子，你为什么这样反应？我并不想伤害你；你只需听我说。"

他挣扎着挣脱我的掌控，嚷道："放开我！你这个怪物！丑陋的生物！你想吃我，撕我开吗？你是个食人魔！放开我，否则我就告诉我爸爸！"

"孩子，你将再也见不到你的父亲了。你必须跟我走。"我回答道。

"可怕的怪物！放开我！我爸爸是个重要人物。他是弗兰肯斯坦先生，一个市长。他会惩罚你的。你不能把我留下！"

当我被这些感觉淹没时，我离开了我犯下谋杀行为的地方。我寻找了一个更安静的藏身之处，进入了一个空荡荡的谷仓。里面有一个年轻女人躺在一些稻草上睡觉。她没有照片上的女人那么美丽，但她有一张悦目的脸庞，看起来健康而年轻。我心想，这里有一个人，她与每个人分享欢乐的微笑，除了我之外。我靠近她，低声说："醒来吧，我最亲爱的。你的爱人在这里，一个愿意为了你眼中的一丝温情而舍弃生命的人。我的心爱的人，请醒来吧！"

熟睡者轻轻动了动，恐惧冲击着我。如果她醒来，看见我，诅咒我，揭露我是个谋杀犯，那该怎么办呢？她定会这么做的，如果她睁开眼睛看见我。这个想法让我疯狂起来，唤醒了我内心的邪恶。我决定她应该受罪，而不是我自己。我犯下这个谋杀是因为我被剥夺了从她身上得到的一切，所以她应该为此付出代价。多亏了我从费利克斯那里学到的东西和严苛的社会法律，我现在知道如何伤害别人。我靠近她，小心地把照片放在她衣服的褶皱中，确保它安全。她又动了一下，我迅速跑开了。

几天来，我一直回到那些事情发生的地方。有时，我渴望见到你，有时，我想永远离开这个世界和它的麻烦。最终，我漫步到这些山脉，探索着它们巨大的隐蔽区域，同时被一种只有你能满足的强烈欲望所吞噬。我们不能分开，直到你答应做我要求的事情。现在，我感到孤独和悲惨，因为没有人陪伴我。但像我这样毁容和可怕的人不会拒绝我。我的伴侣必须与我一样，有着相同的缺陷。你必须为我创造这个存在。

CHAPTER XVII

224 那个生物停止了讲话，看着我，等待着我的回答。但是我感到困惑，无法整理我的思绪以理解他在询问什么。他继续说道：

"你必须为我创造一个女性伴侣。我要求这是你必须给予我的事情。"

当他讲完他的故事时，我的愤怒再次燃起。我再也无法控制我的怒火了。

"我拒绝，"我坚定地说道。"无论你如何折磨我，我永远不会同意。你可能会让我变得最痛苦的人，但你永远不会让我感到羞愧。难道我要创造一个像你这样邪恶可以毁灭世界的人吗？离开吧！我已经给了你我的答案。你可以试着折磨我，但我永远不会同意。"

225 "你错了，"邪恶者说道。"我不是要威胁你，而是想与你理性地交谈。我是邪恶的，因为我很痛苦。每个人都回避和憎恨我，包括你，我的创造者。你会撕碎我并感到胜利。记住这一点，告诉我为什么我应该怜悯人类，当他们不怜悯我？如果你能把我扔进其中一个冰裂缝并摧毁你创造的身体，你不会称之为谋杀吗？当他们蔑视我，我应该尊重人类吗？让我们以善良的方式生活在一起，而不是互相伤害，当你接受它们时，我将流下感激之泪给你带来一切好处。但那是不可能的，因为我们的不同感官使我们无法合二为一。我不会成为任何人的奴隶。我会为你对我所做的一切报仇。如果我无法激发爱，我会让人们畏惧我。而我会把大部分的恐惧都指向你，我的死敌，因为你是我的创造者。我发誓我会永远恨你。小心：我将努力毁灭你，直到我粉碎你的心，让你后悔你出生的那一天。"

他说话时，他被一种凶猛的愤怒所吞噬；他的脸庞扭曲得让任何人都无法承受。但很快他恢复了镇定，并继续说道-

"你错了，"恶魔说道。"与其威胁，我更想和你理性地交谈。我的邪恶源于我的悲惨。每个人都回避和憎恶我，包括你，我的创造者。你会把我撕成碎片并感到胜利。记住这一点，告诉我为什么在人类不可怜我的时候我应该怜悯他们？如果可以把我扔进那些冰裂缝并摧毁你所创造的身体，你也不会说那是谋杀。当你接受我的时候，我们一起和善相处，而不是互相伤害，我会用泪水感激地给你每一份好处。但这是不可能的，因为我们的感知不同使我们无法团结。我不会成为任何人的奴隶。我要为你对我的所做的事报仇。如果我不能激发爱，我将让人们害怕我。而我将把大部分恐惧都指向你，我的死敌，因为你是我的创造者。我向你发誓，我会永远恨你。小心：我将努力摧毁你，直到掌握你的心脏，让你后悔自己的出生之日。"

一股凶猛的愤怒充斥了他的心头，他的面容扭曲的方式让人无法忍受。但很快他恢复了冷静，继续说道-

"如果你同意，我们将不再被你或其他人类看到。我将去南美洲广袤的荒野。我不吃人类的食物。橡子和浆果给我足够的营养。我的伙伴将跟我一样，并满足于同样的食物。我们将睡在干枯的叶子上。我们不需要很多。即使你对我很残忍，我现在能从你的眼中看到同情。让我利用这个机会劝说你，答应我渴望已久的东西吧。"

"你建议，"我回答，"你应该逃离到荒野，与只有动物作伴。你渴望人类的爱和理解，怎么能继续这种流放呢？你将回来寻求他们的善意，但他们会憎恶你。你邪恶的欲望会回来，然后你将有一个伴侣帮助你造成破坏。那是不可以发生的。请停止争论，因为我不能同意你的请求。"

228　　　"你的情绪可真是快变啊！刚刚还被我说动了，现在怎么又冷酷无情了？我向你发誓，以我所生活的这个世界和创造我的神为证，只要你给我一个伴侣，我就会离开人类社会，在任何我能生存的地方生活，就算是最荒凉的地方也行。因为有了伴侣，我的邪恶欲望会消散。我不会咒骂创造我的那个人。"

　　　他的话对我产生了奇怪的影响。我对他感到遗憾。我想既然我不能像他那样有同样的感受，我没有权利拒绝他我能给予的一点点幸福。

　　　"你承诺过，"我说，"你会无害，但是你不是已经表现出了一些恶意吗？难道这一切不是为了增加你的满足感，从而让你寻求更多的复仇吗？"

229　　　"你变化得真快！刚才你受了我的话的感动，为什么现在又变得冷酷无情呢？我向你保证，我要是找到一个伴侣的话，我就会离开人的世界，去任何地方生活，甚至是最荒凉的地方。因为有了伴侣，我的邪恶欲望会消散。我不会诅咒造我的人。"

　　　他的话让我感到奇怪。我为他感到难过。我觉得既然我不能像他一样有同样的感受，我没有权利拒绝他对我所能给予的一点点幸福。

　　　"你保证，"我说，"你会无害，可是你已经表现出一些恶意，让我有理由不信任你。难道这一切都是一个骗局，为了让你得到更多的报复满足吗？"

230　　　"我同意你的要求，但你必须发誓永远离开欧洲和任何靠近人类的地方。一旦我给你一个女伴陪你流亡，你必须遵守诺言。"我告诉他。

　　　他激动地说："我发誓。只要她们还活着，你永远不会再见到我。回到你的家，开始准备吧。我将焦急地观察他们的进展，当你准备好的时候，我会出现。"

　　　说完这句话，他迅速离开了我，或许是担心我的感受会改变。我看着他快速下山，速度比飞翔的老鹰还要快，很快他就消失在冰海的波涛之间了。"

231　　　他的故事说了一整天，当他离开时，几乎就到了日落的时候。我想着他要走到哪里，心里感到难过。我哭了很多，双手紧握在一起，心痛不已。"哦，星星、云朵和风啊，如果你们真的为我感到难过，就带走我的情感和记忆，让我消失吧。但如果你们不愿意，就离开吧，离开吧，把我留在黑暗中。"

这些想法是疯狂而悲惨的。

上午我到了夏穆尼村，但我并没有休息。相反，我立刻就返回了日内瓦。我找不到词语来表达我的感受，因为我的情绪如同一座沉重的大山压在我身上。所以，我回到了家里，与家人在一起。他们对我的疲惫样子感到非常担忧，但我没有回答任何问题，几乎不说话。我完全陷入了下一步该怎么做的思考中。

CHAPTER XVIII

我在日内瓦待了很多天和周，但我找不到再开始工作的勇气。我害怕失望怪物的报复，也不想完成我所被赋予的任务。为了创造一个女性生物，我需要多学习和研究几个月。我听说过一个英国科学家做了一些重要的发现，可以帮助我，我考虑问问父亲是否可以去英国。但我一直找借口来拖延，不想迈出第一步，因为任务变得不那么紧急了。我的内心发生了改变：我的健康变好了，当我不再想着那个不快乐的承诺时，我的心情也变得更好了。父亲看到这个变化很高兴，他试图找到办法帮助我摆脱我的悲伤，尽管有时候悲伤会回来，使一切变得黯淡。在那些时刻，我找到了完全独处的慰藉。我会坐在小船上整天整天地在湖上，看着云彩，聆听着波浪的声音。这让我感到平静和安宁。当我回来时，我会用更热情的微笑和更快乐的心情来迎接我的朋友们。

我从日内走回家后，爸爸独自找我谈话。他说："看到你又能享受过去的乐趣并开始变回原来的样子，我很高兴。但是你仍然不快乐，也避开和我们在一起。我一直试图找出原因，你到底发生了什么事情呢？"

他这样开始让我真的很害怕，爸爸继续说："我承认我一直以为你和伊丽莎白会结婚，给我们家带来幸福。你们自从还是婴儿时就很亲近，一起学习，有着相似的兴趣。但有时人们并没有看清事情。我原以为能帮助我的计划，可能实际上毁了它。也许你只把伊丽莎白当作妹妹，不想娶她。也许你遇到了你爱的人，因为对伊丽莎白的承诺而感到束缚。这个纠结可能是你表现出强烈悲伤的原因。"

235　　爸爸带着我私下谈话之后，我害怕极了。爸爸接着说："我很高兴看到你开始重新享受以前的兴趣，变得更像你自己了。但你还是不开心，避免跟我们在一起。我一直在努力弄明白原因。你到底怎么了呢？"

"亲爱的爸爸，不要担心。我真心深爱着我的表妹伊丽莎白。伊丽莎白是唯一让我感受到如此强烈欣赏与爱意的女人。我无法想象没有娶她来共度未来的日子。" 我回答道。

"你的话让我非常开心，我亲爱的维克多。如果你真心这样想的话，无论我们面临什么困难，我们一定会找到幸福。但我感觉你内心深处有些困扰。如果你对立刻结婚有任何疑虑，请告诉我。我们最近遭遇了不幸的事情，打乱了过去的宁静。我年纪大了，我明白你有一定的财富。尽早结婚不应该影响你未来成功和为世界做好事的计划。然而，我不想强迫你幸福，如果你需要更多时间，我不会太过担心。请理解我的意图，真诚告诉我你的想法和感受。"爸爸说道。

236　　我静静地听着父亲的话，一时间无法回应。我的大脑迅速充斥着许多念头，我在试图做出决定。但是，啊，立即和伊丽莎白结婚的想法令我感到可怕，充满了恐惧。我曾郑重承诺，但却尚未履行，我不能打破承诺。如果我这样做了，我和我亲爱的家人会遭受许多可怕的事情。我怎么能带着这沉重的包袱去参加庆典，让它拖累着我？在我能在我们婚姻的幸福中找到平静之前，我必须遵守自己的承诺，让怪物与他的伴侣离去。

237　　我安静地听着父亲的话，一时无法回应。我的脑海里迅速涌现出许多想法，我试图做出一个决定。但是，立即与伊丽莎白结婚的想法真是吓人，让我充满了恐惧。我曾经郑重地许下了一个承诺，可我还没有履行，我不能打破它。如果我这样做了，我和我心爱的家人可能会发生很多可怕的事情。我怎么可能在颈项上背着这个沉重的包袱去参加庆祝活动呢？在我们结婚的幸福中，我必须遵守我的承诺，让怪物和他的伴侣一起离开，才能找到内心的平静。

我还记得，为了完成我目前的项目，我必须要么去英国，要么与那里的哲学家进行交流。第二个选项是来回写信，速度慢且不尽人意。再加上，我真的不想在父亲的房子里做我讨厌的任务，周围还有我关心的人。我知道一切都可能出错，即使是最小的差错也有可能向我身边的每个人揭示可怕的真相。我需要一个人独处，这样我才能工作。履行完我的承诺后，怪物将永远消失。或许（如果我允许自己想象），可能会发生某些事情，使我永远摆脱成为他奴隶的命运。

238　　我告诉了我父亲我的感受，并询问是否可以去英国。我没有透露我的请求背后真正的原因，而是让它看起来像是我只是想去玩玩。他同意了。

他让我决定我想在那里待多长时间，允许几个月，或者最多一年。他还确保在我的旅途中我不会一个人。他和伊丽莎白事先没有告诉我，安排了我的朋友克莱瓦尔和我一起去。我很高兴，但也有点担心。我需要真正集中注意力。但是，亨利的存在可能会阻止我的敌人打扰我。如果我一个人，难道他不会时不时地强迫自己进入我的生活，提醒我我的工作或者监视着我工作吗？

239　　我坚决要去英格兰，我父亲知道这个事情后很快同意。我们商定了我回来后立即和伊丽莎白结婚。父亲年纪大了，不希望有任何延迟。

我开始制定旅行计划，但有一个担心反复困扰着我。当我不在的时候，我的朋友们会怎么样呢？他们并不知道关于我们的敌人，也没有受到他的攻击。他曾承诺无论我去哪里他都会跟随，那么他会跟我一起去英格兰吗？这个想法非常可怕，但同时也让我感到安慰，因为这意味着我的朋友们将会安全。我痛苦地担心相反的情况可能发生。然而，在我完全被我的创造物控制的时候，我任由冲动驱使我，目前我的感觉强烈地暗示那个怪物会跟随我并保护我的家人免受他邪恶阴谋的侵害。

240　　九月末，我再次离开了家。这次旅行是我自己的主意，伊丽莎白虽然担心我离开，但还是同意了。她希望我能早点回来，但当我们泪别时，她无法找到合适的表达方式来表达她复杂的情感。

我爬上马车，不太确定自己要去哪里，也没有注意周围发生的事情。我带着所有的工具。尽管我知道前往目的地的路会很美，但我却一直在想着我即将面临的任务。

在懒洋洋的几天后，我走了很远到了斯特拉斯堡。在那儿等了两天，终于等到了克莱弗尔。但是哦，我们有多不同啊！他对每一个新景象都很兴奋。当他看到美丽的日落时他很开心，当他看到日出和新的一天时他更加快乐。而我呢，完全沉浸在黑暗的思绪中。我没有注意到夜晚的星星，也没有欣赏到金色的日出。他对风景有着情感和兴奋的观感，而我只有自己的苦闷。我只是个可怜的人，注定要受苦，找不到任何快乐。

我们计划乘船从斯特拉斯堡沿莱茵河前往鹿特丹，然后再搭船去伦敦。在这段旅程中，我们经过了许多长满柳树的小岛，还看到了一些美丽的城镇。我们在曼海姆停留了一天，在离开斯特拉斯堡的第五天，我们抵达了美因茨。在美因茨以下，莱茵河呈现出更多风景如画的景色。河水急速流动，蜿蜒流过那些或许不太高但形状迷人的小山。我们看到许多坐落在陡峭悬崖边缘的古老城堡，被高耸而难以接近的黑暗森林环绕着。莱茵河的这一段提供了独特而且不断变化的风景。在一个地方，你可以看到崎岖的山丘，城堡的废墟屹立在陡峭的悬崖上，下面是深深的莱茵河。然后，当你转个弯时，你会被突出的葡萄园所迎接，绿色的河岸和蜿蜒的河流，还有热闹的小镇，人们熙熙攘攘。

我们在葡萄丰收的季节旅行，听到了工人们在我们漂流的时候唱歌。尽管我感到沮丧，心里充满了忧虑的想法，但我还是感到很开心。我躺在船底下，抬头望着蓝天，感受到了很久以来没感受到的平静。如果我有这种感觉，想象一下亨利会有多开心。他觉得自己仿佛被带到了一个神奇的地方，经历了人们难得一见的幸福。"我见过，"他说，"我自己国家最美的景色。我去过卢塞恩湖和乌里湖，那里的雪山直直地延伸到水里，造成深深的阴影，如果没有繁茂的绿色岛屿，可能会显得阴郁和悲伤。我曾经见过湖上的风暴，风将水卷成旋涡，让我们瞥见大海上的龙卷风是什么样子。浪激烈地撞击着山脚，一个牧师和他的恋人被雪崩埋葬在那里。据说你在夜风中仍能听到他们的声音。我见过瓦莱州和沃州的山，但是维克多，这个地方对我来说比所有那些奇迹都更令人愉悦。瑞士的山更高更陌生，但是这个令人惊叹的河岸有着独特的魅力，我在其他地方从未见过。看那个悬挂在悬崖上的城堡，以及那个隐藏在绿叶之间的岛上的城堡。现在看那群从葡萄园里走出来的工人，还有那座隐藏在山的缝隙中的村庄。哦，确实，居住在这里并保护着这个地方的精神，比那些攀登冰川或躲在我们自己国家难以到达的山巅更能理解和与人类相连。"

244 　　克莱瓦尔！亲爱的朋友！我很高兴能现在记录下你的话，回想起你真正应得的赞美。你就像是一首美丽的诗中的角色，由大自然本身创造而出。你野性而富有想象力的思维被你敏感的心所平衡。你的灵魂中充满了爱，你的友谊是如此深沉和令人惊叹，以至于人们说这仅仅存在于故事中。但即使你与他人有着深厚的联系，这对于你好奇的思维来说还不够。你对自然界的热情如火般燃烧，其他人只是赞赏，而你却真正热爱：

　　"喧闹的瀑布对你来说就像是迷恋。高耸的岩石、山脉和深邃的森林，伴随着它们的各种颜色和形状，对你而言不仅仅是景色。对你来说，它们就像是灵魂的食物，一种能够深深感受和热爱的东西。你不需要更多的东西，比如思考或其他兴趣，来使它们更加特别。只是用自己的眼睛看着它们就足够了。"

　　现在，你在哪里？这位温柔而可爱的人已经永远离去了吗？这个充满创造性思想和宏伟思维的聪明脑袋，形成了一个完整的世界，一个只因创造者的生命而存在的世界，它是否已经消失了？现在它只存在于我的记忆中吗？不，这不是真的。你那美丽而光芒四射的身体也许已经腐朽，但你的灵魂仍然会来看望并安慰你悲伤的朋友。

245 　　对不起，我很伤心。我非常想念亨利。我会继续我的故事。

　　我们在科隆之后下降到荷兰的平原。

　　我们在这里的旅程失去了美丽风景所带来的兴趣，但我们在几天内到达了鹿特丹，然后乘船前往英国。在十二月的后期的一个晴朗早晨，我第一次看到了英国的白色悬崖。泰晤士河的岸边呈现出新的景象。它们是平坦但肥沃的，几乎每个城镇都留下了一些故事的记忆。那么多历史。

CHAPTER XIX

 伦敦是我们决定暂时休息的地方。我们计划在这个令人惊叹且有名的城市里停留几个月。克莱维尔想要见到并与那个时候蓬勃发展的有才华和聪明的人们共度时光。但对我来说，那不是主要目标。我主要专注于寻找我需要实现承诺所需的信息。我迅速利用了我带来的介绍信。这些信件是写给最著名的科学家们的。

如果这次旅行发生在我学习和快乐的日子里，它会给我带来巨大的喜悦。但我的生活已经受到了可怕的悲剧的影响，现在我只是为了收集我迫切需要的信息而拜访这些人。和其他人在一起对我来说是困难的。当我独自一人时，我可以沉浸在世界的奇妙之中。亨利的声音安慰着我，一瞬间，我可以欺骗自己感到宁静。但是看到忙碌、乏味和快乐的脸庞只会让我回想起绝望。我感觉自己和其他人之间有着不可逾越的 barrier。这个 barrier 上沾满了威廉和贾斯汀的鲜血。想到与这些名字相关的事件让我充满悲伤。

 伦敦是我们决定稍作休息的地方。我们计划在这个令人惊叹和有名的城市住上几个月。克莱弗尔想要认识和与那个时代蓬勃发展的聪明有才华的人们共度时光。但对我来说，那不是主要目标。我主要是专注于寻找我需要履行诺言的信息。我迅速利用了我带来的推荐信。这些信是写给最著名的科学家的。

如果这次旅行在我学习和快乐的日子发生时，它会带给我巨大的快乐。但我的生活被一场可怕的悲剧所影响，现在我只是去拜访这些人以获取我迫切需要的信息。和其他人在一起对我来说是困难的。当我一个人的时候，我可以沉浸在周围世界的奇观中。亨利的声音安慰着我，短暂的时刻，我可以欺骗自己感到平静。但看到忙碌、无聊和幸福的面孔只会让我重新陷入绝望。我感到自己和其他人之间有着无法逾越的障碍。这个障碍沾满了威廉和贾斯丁的鲜血。想起与那些名字有关的事件让我充满了悲伤。

在克莱弗尔身上，我看到了我过去的自我。他好奇而渴望学习。他觉得礼仪上的差异很有趣和有趣。他总是忙碌，唯一让他的快乐减弱的是我的悲伤。我尽力隐藏它，以免阻止他体验真正的快乐，开始新生活的篇章，没有任何烦恼或痛苦的回忆。很多时候，我婉拒了他的邀请，声称有其他事情要做，以便独处。那时，我也开始收集我新创造所需的材料。每当想到它，就感觉像是被点滴折磨一样。即便是提及它也会让我的嘴唇颤抖，心跳加快。

在伦敦呆了几个月后，我们收到了一封来自苏格兰的信，发信人曾在我们在日内瓦时来过。他们说起了他们家乡的美丽，并邀请我们一起去他们住的珀斯往北走。克莱沃尔非常想去，虽然我不太喜欢待在人多的地方，但我还是想再次看到山川和流水，以及大自然在那些地方创造的奇妙景色。

我们十月抵达英格兰，现在是二月。我们决定下个月底开始北上旅行。我们计划不走主要道路到爱丁堡，而是去参观温莎、牛津、马特洛克和坎伯兰湖区。我们希望在七月底之前完成旅行。我整理好我的化学工具和收集的物品，计划在苏格兰高地的一个幽静地方完成我的工作。

三月二十七日，我们离开了伦敦，在温莎停留了几天。我们探索了这里美丽的森林，这对我们来说是一种新鲜体验。巨大的橡树、丰富的动物和优美的鹿群，都是我们从未见过的景观。

我们去了牛津大学。当我们抵达这座城市时，我们禁不住去思考150年前在这里发生的重要事件。这就是查理一世集结军队的地方。牛津大学坚定地支持着他，即使整个国家都加入议会一方争取自由。想起那个不幸的国王和他的伙伴们——弗奥克兰德、戈灵、他的皇后和儿子——让城市的每个角落都感觉特别，好像他们曾经在那里居住过。即使没有那些情感，这座城市本身也足够美丽，吸引着我们的注意力。学院古老而如画，街道也给人留下了深刻的印象。可爱的伊西斯河蜿蜒穿过城市，周围是美丽的绿色草地。宁静的水面倒映出威严的塔楼、尖顶和圆顶，它们仿佛融入了古老的树木之中。

250　　我真的很喜欢这个景色，但是记忆过去和思考未来让我的快乐减少了。本该是我快乐和平静的时刻。在我年轻时，我从未感到不快乐，而且如果我感到无聊，看看大自然的美丽或者研究人类创造的奇妙事物总能让我感到更好。但现在我感觉支离破碎，就像一棵被雷击中的树。那时我知道我会活下来，但我会变成可怜和难以忍受的东西。

　　我们在牛津待了很长时间，探索着周围的地区，试图找到在英国历史上一段非常激动人心的时期中重要的地方。我们的小冒险经常比预期的时间长，因为我们总是发现有趣的东西。有一瞬间，我敢于再次感到自由和勇敢。但是痛苦已经掌控了我，我又回到了恐惧和绝望的状态。

251　　我们离开牛津的时候稍感伤感，前往下一个住处马特洛克。这个村庄周围的区域看起来有点像瑞士，但要小一些，也没有远处的白色大山。我们去看了一个洞穴和一个有有趣的自然展品的小博物馆。那些展品让我想起了塞尔沃和沙穆尼，它们上面陈列的东西也都很有趣。一提到沙穆尼，我就不禁感到害怕，因为我记得那里发生了什么，所以我急忙离开了马特洛克。

　　从德比出发，我们继续向北，在坎伯兰和西摩兰度过了两个月。这里几乎让我感觉像置身于瑞士山脉。山上的雪斑、湖泊和急流给我一种熟悉而特别的感觉。我们还交了一些朋友，他们几乎让我忘记了自己的烦恼，让我感到开心。克莱维尔尤其喜欢与才华横溢的人们交往，并在他们身上发现了新的东西。他对我说："我可以永远生活在这里，几乎不会怀念瑞士和莱茵河。"

252　　　但是他发现做一名旅行者既有乐趣也有痛苦。他的情绪常常处于紧张状态。就在他开始放松的时候，他意识到必须离开他正享受的地方，去迎接新的事物。这些新的事物吸引着他的注意力，然后他又离开了，去追寻更多的新体验。

253　　　我们最近在坎伯兰和韦斯特摩兰的湖泊中探险，开始喜欢上了那里的一些居民。然而，是时候去见我们来自苏格兰的朋友了，所以我们不得不离开，继续我们的旅程。个人而言，我对离开并不太难过。我一直背弃了一个承诺，担心那个生物会如何对待这种失望。我担心它会留在瑞士，并寻求对我的家人的报复。这个想法让我困扰不安，难以找到任何休息或平和。我焦急地等待着我的信件，担心如果它们延迟了，可能会发生最坏的事情。当它们最终到达时，我看到它们是来自伊丽莎白或者我父亲时，我几乎害怕读它们，不敢知道将发生什么事情。有时候，我相信那个生物在跟着我，准备以我犯错来惩罚我的伙伴。在这些时刻里，我像一个影子一样紧紧跟随亨利，试图保护他免受我们想象中的敌人的愤怒。感觉就好像我犯了某种可怕的错误，尽管我是无辜的。但我给自己带来了可怕的诅咒，就像我犯了一样真实的罪行。

254　　　我感到疲倦和无兴趣，去了爱丁堡。但即使是最不幸的人也会发现那个城市很有趣。克莱维尔不像牛津那样喜欢它，因为他更喜欢这座城市的古老感。然而，爱丁堡新城的美丽和井井有条，以及附近美妙的地方，如亚瑟座、圣伯纳德井和彭特兰山，弥补了变化，让他充满了幸福和敬畏之情。但我渴望到达旅程的终点。

　　　一周后，我们离开了爱丁堡，沿着泰河的岸边，穿过库帕尔、圣安德鲁斯，来到了珀斯，那里正等着我们的朋友。但我不想和陌生人聊天和社交，也不想像一个好客的客人一样理解他们的感受和计划。所以，我告诉克莱维尔我想独自探索苏格兰。"你，"我说，"好好玩，我们在这里见面。我可能会离开一个月或两个月，所以请不要试图控制我做什么。给我一些独处的平静时光。我希望当我回来时，能拥有与你一样快乐的心。"

255　　　亨利试图说服我，但我决心按计划行事。他恳求我通过信件保持联系。他说："我宁愿和你一起孤独地散步，也不愿和这些我不认识的苏格兰人在一起。快回来吧，我亲爱的朋友，让我再次感受到家的温暖。你不在这里，我做不到。"

和亨利道别后，我下定决心要去苏格兰的一个偏远地区，独自完成我的工作。我确信那个怪物在跟踪我，一旦我完成了，他就会现身，这样我们就可以在一起了。

带着这个决定，我穿越北部高地，选择了最远的奥克尼群岛之一作为工作地点。这里的环境非常适合我的任务。这一切都离不开它自己。

在整个岛上，只有三间破旧的小屋，我到达时其中一间是空着的。我租了下来，发现它状况极差。屋顶正在塌落，墙上空无一物，门也坏了。我让人修好了它，买了一些家具，搬了进来。这出乎意料的事情并未在村民中引起太大的轰动，他们已经因为贫穷和困苦而麻木不仁了。他们几乎没注意到我，也没有因为我给他们提供食物和衣物而表示太多的感激。苦难有办法让最强烈的情感麻木了。

在这个隐秘的地方，我在早晨工作。当天气允许时，我沿着岩石海滩散步，聆听狂涛怒吼。这是一个重复但不断变化的景象。我想起了瑞士，那是一个与我所处的荒凉可怕的景色完全不同的地方。

在我刚到这里的时候，我把时间分成了两部分。但随着工作的进行，对我来说变得越来越可怕和累人。有时候我连续几天无法让自己进入实验室，而有时则是日夜工作来完成手头的任务。这是一个混乱的过程。在我的第一次实验中，我陷入了兴奋之中，没有考虑到我的工作是多么可怕。我只专注于完成工作，忽略了我正在做的恐怖之事。但现在我以清晰的思维来看待，经常对自己所做之事感到厌恶。

在这个不愉快的情况下，我做着最可怕的工作，周围只有孤独无法分散我注意力，我的情绪变得不稳定。我变得焦躁不安。每一刻，我都害怕遇到那个追逐我的人。有时候我坐着时目光固定在地上，害怕抬头看到我所害怕的那个人。我害怕一个人呆着，害怕他出现来要我。

与此同时，我继续工作，已经取得了很大的进展。我期待着能够完成，但内心却有一种不祥的预感让我胃痛。我带着摇摇欲坠的希望期待着，但又不敢质疑。

CHAPTER XX

有一天晚上，我坐在我的实验室里。太阳已经下山，月亮刚从海上升起。我的实验室没有足够的光线，所以我停下来考虑是否应该停止一晚上，还是继续工作直到完成。当我坐在那里时，我开始反思我所做的事情的后果。三年前，我正在做同样的事情，创造了一个给我的生活带来了那么多痛苦和懊悔的怪物。现在，我将要创造另一个生物，但我不知道它会是什么样子。这个新的生物可能比它的伴侣更邪恶，会从造成伤害和痛苦中找到快乐。虽然公怪物曾承诺远离人类，并躲藏在沙漠中，但母怪物可能不会做出同样的承诺。她，将成为一个有思考和推理能力的存在，可能拒绝遵守在她存在之前达成的协议。它们甚至可能互相厌恶。已经存在的生物鄙视自己的丑陋，那么当面对一个女性版本时，它是否会发展出更强的仇恨之情呢？她可能也会拒绝他，被人类的美所吸引。她可能会离开他，而他将再次孤独，感到更加愤怒和受伤，因为他的同类又抛弃了他。

就算他们离开欧洲，在新土地上生活在沙漠里，怪物的欲望仍然会带来后果。他们会拥有孩子，这些邪恶的后代可能会让所有人的生活变得危险和不确定。为了自己的利益，我把这个诅咒带给了未来的世代，这样做对吗？我曾经被我创造的怪物的有力论据所说服，他恐吓人的威胁让我无言以对。

我颤抖了起来，当我抬头看到怪物站在窗户边，月光下的他让我心里一沉。他的嘴角弯出了可怕的笑容。现在，他来了，来观察我的进展并要求我实现我的承诺。

当我看着他时，他的脸上带着非常恶毒和狡诈的表情。我想起了我承诺要创造一个像他一样的生物的事情，一时间被愤怒和恐惧所淹没。在激情的冲动下，我愤怒地撕碎了我正在制作的东西。怪物看到我摧毁了他所依赖的为他未来幸福而存在的生物。他发出了一声绝望和复仇的嚎叫，然后他离开了。

我离开了房间，并在我身后锁上了门。我对自己发誓再也不会继续我的工作。我回到了房间。

几个小时过去了，我守在窗前，望着大海。它平静而宁静。我可以感受到我周围的寂静，尽管我没有完全意识到它是多么深沉和深奥。突然，我的注意力被离岸处溅起的浆声吸引，我看到有人来到了我的房子。

只过了几分钟，我听到了我的门吱吱作响，好像有人试图悄悄打开它。我因害怕而颤抖，感觉知道是谁。我想叫醒住在离我不远的一座小屋里的邻居之一。但我感到完全无力，就像那种恐怖的梦里，你试图逃离危险，却无法动弹。

不久，我听到走廊传来脚步声。门开了，我害怕的那个生物出现在我面前。他关上门，走近我，以低声说话。

"你破坏了你开始的东西。你打算怎么办？你真的打算违背你的承诺吗？我忍受了这么多的艰辛和痛苦。我和你一起从瑞士到英国，穿过莱茵河，经过它的岛屿和山丘。我在英国的沼泽和苏格兰的沙漠里度过了几个月。我忍受了很多的疲劳、寒冷和饥饿。你真的要毁掉我所有的希望吗？"

"走开！我要违背我的承诺。我永远不会创造出另一个像你这样可怕和邪恶的生物。"

"奴隶，我曾试图与你进行推理，但你已经证明你不值得我的善意。记住，我有权力。你可能认为你现在很悲惨，但我能让你如此不幸，以至于你会蔑视白昼。你可能曾经创造过我，但我是你的主人。服从我！"

过了几分钟，我听到门发出吱吱的声音，就好像有人试图悄悄地开门。我害怕得浑身发抖，感受到可能是谁来了。我想唤醒附近的一个村民，他住在离我房子不远的小屋里。但是我感到完全无力，就像那些可怕的梦里，你试图逃离危险却无法移动一样。

很快，我听到走廊里传来脚步声。门打开了，我最担心的那个生物出现在我面前。他关上门走近我，用一个沉闷的声音说道。

"你摧毁了你开始的那件东西。你打算怎么办？你真的打算打破你的承诺吗？我经历了如此多的艰辛和痛苦。我与你一起从瑞士旅行，穿过莱茵河，经过它的岛屿和山丘。我在英国的沼泽地和苏格兰的沙漠中度过了许多个月。我忍受了如此多的疲劳、寒冷和饥饿。你真的要摧毁我的所有希望吗？"

"走开！我正在打破我的承诺。我永远不会再创造出像你这样可怕邪恶的生物。"

"奴隶，以前我试图与你讲理，但你证明自己不配得到我的善意。记住，我有权力。你可能现在认为自己很悲惨，但我能让你如此不快乐，以至于你会痛恨白天的到来。你可能创造了我，但我是你的主人。服从我！"

"好吧，我明白了。我会离开，但记住，我会在你的婚礼之夜陪伴你。"

我迅速上前人喊："罪恶之徒！在你决定我的命运之前，确保你自己的安全。"

我本想抓住他，可他却溜走了，匆匆离开了房子。只过了片刻，我就看到他乘船在水上飞速驶过，很快消失在浪尖之中。

一切再次变得安静，但他的话在我的耳边回荡。一想到追捕那个摧毁我幸福的人，将他扔进大海，我就恼羞成怒。我在房间里来回踱步，心烦意乱，脑海里浮现出无尽的折磨画面。为什么我没有追他去与他生死相搏？然而，我却放了他走，他朝着大陆走去。一想到他接下来可能选择下一个受害者，我就感到恐惧。而他的话又在我脑海中回响："我会在你的婚礼之夜陪伴你。"那将是我的命运得以实现的时刻。在那个时刻，我将死去，承受他的残酷并结束这一切。这个想法并没有使我感到害怕，但当我想到我心爱的伊丽莎白——她发现自己的爱人被残忍夺走时的眼泪和无尽悲伤——我眼中涌出了几个月来的第一滴泪水，我发誓不会不与我的敌人进行一场痛苦的斗争而妥协。

264　　当夜幕渐渐消散，太阳从海上升起，我的情绪变得稍微平静了一些，尽管将愤怒转化为绝望很难称之为平静。我离开了那座房子，昨晚争论不休的可怕地方，沿着海滩漫步。我将海看作一个将我与他人隔离的屏障，有一刹那，我甚至希望这是真的。我希望能在那个孤独的岩石上度过一生，以避免再经历突如其来的痛苦。

　　我整晚都未曾入眠，神经紧绷，眼睛因疲倦与悲伤而酸痛。包裹着我的睡眠带来了一丝清新，当我醒来时，我再次感觉自己是属于人类的。我开始以稍微冷静的心态思考所发生的事情。尽管如此，怪物的话语在我的耳畔回荡着，像死亡的声音，既像梦境又重重地真实存在。

265　　太阳慢慢下山，我仍坐在海岸边，吃着简单的蛋糕，饥饿得几乎绝望。突然，一艘渔船靠近了岸边，其中一位渔民给了我一个包裹。里面有来自日内瓦的信件，还有我的朋友克莱佛勒尔的信，邀请我加入他。他说他在他所在的地方浪费了时间，他的伦敦朋友希望他回去，以便他们可以继续他们在印度的业务。他再也等不及离开了，希望我能和他一起去。他请求我离开孤独的小岛，在两天内去珀斯与他会合，这样我们就可以一起往南旅行。这封信给了我一丝希望，我决定在两天后离开这个岛屿。

266　　然而，在我离开之前，有一件让我非常担心的事情：我需要整理我的化学工具。这意味着我必须进入那个我做了可怕实验的房间，去触摸那些让我看着就作呕的仪器。第二天一早，天亮后，我鼓起勇气打开了实验室的门。我曾经用来制造生物的那些零件散落在地板上。仿佛我伤害了一个真实的人。我花了一会儿时间冷静下来，然后进了里面。我的手在颤抖，我把工具从房间里移了出来。但我知道，我不能留下我所做的事情的证据让村民们找到并感到恐惧。所以，我把这些工具放在了一个篮子里，里面装满了石头。我计划这个晚上就把它们扔进大海。与此同时，我坐在海滩上，清洁和整理我的化学工具。

267　　自从怪物出现那天晚上以来，我的感受彻底改变了。之前，我把自己的承诺视作一项不容退缩的义务。但现在，就像一层面纱从我的眼前掀开，我能够清晰地看到。我甚至没有考虑继续我的研究。那个警告一直在我脑海里回响，但我从未想过我能做些什么来阻止它。我已经决定制造出第二个与第一个怪物相似的东西是极其自私和邪恶的行为。我摒弃了所有可能让我改变想法的念头。

凌晨两三点钟，月亮开始升起。我收拾好东西，上了一条小船，航行离岸约四英里。四周非常安静和空荡。几艘船正在返回陆地，但我选择了相反的方向。我觉得自己即将做出一件可怕的事情，所以不想与任何人相遇。突然之间，明亮的月亮消失在一片厚厚的云层后面。一片黑暗笼罩着天空，我趁机把篮子扔进海里。我倾听着它下沉的声音，然后继续航行。天空变得多云，但东北风吹来的微风使空气依然清新而凉爽。这让我感觉更好，给我带来了愉快的感觉，所以我决定在水上多待一会儿。我把船舵定在一个直直的位置，躺在船底。在月亮隐藏和一片黑暗中，我只能听到船在波浪中滑行的声音。那个声音使我平静下来，不知不觉中，我已经进入了深深的睡眠。

我不确定我睡了多久，但当我醒来时，我看到太阳已经高高地挂在天空中。风很大，波浪不断拍打着我的小船，让我担心。我意识到风是从东北吹来的，可能已经把我带远离了我出发的海岸。我试图改变我的方向，但如果我尝试了，船很快就会被水填满。所以，我唯一的选择是让风把我推着走。我不得不承认，我有点害怕。我没有带指南针，对这个地方也不太了解，所以太阳对我帮助不大。我可能会进入广阔的大西洋，饥饿和口渴的痛苦，或者被我周围的巨大波浪吞没。我已经在外面很多个小时了，开始感到非常口渴，这只是我的麻烦的开始。我抬头看着云雾弥漫的天空，感觉就像云雾在逃离风，却被更多的云雾取代。我看着大海，感觉它将成为我的水葬之地。"怪物，"我喊道，"你已经完成了你的邪恶计划！"我想起伊丽莎白，我父亲和克莱弗尔，他们都被留在那里，任凭怪物凶残无情的欲望摆布。这个想法让我充满了绝望和恐惧，即使现在，当结束临近时，我回想起这一切仍然不禁颤抖。

几个小时后，风平浪静。过度疲惫让我感到恶心和虚弱，但突然间我看到南边有陆地。

尽管我筋疲力尽，度过了几个小时的不确定，但意识到自己可能会活下来的突然感觉让我充满了巨大的幸福感，哭了起来。

我们的情绪如此迅速地改变，即使在痛苦中，我们仍然紧紧抓住对生活的热爱！我用衣物的一部分制作了另一块帆，迫不及待地驶向陆地。刚开始看起来崎岖且多岩石，但越靠近，我才看到人类居住的迹象。海岸附近有船只，我感到安心重返文明地带。我紧紧地跟随着陆地的曲线，看到一座教堂尖顶在一个小山坡后面出现在视野中。由于我非常虚弱，决定直接朝着那个镇子前进，希望能在那里找到食物。幸运的是，我带了一些钱。绕过山丘，我迎接了一个小而整洁的城镇和一个热情的港口。我怀着充满喜悦和对意外逃生的感激之情进入了港口。

271 　当我忙于修理船只和准备帆布时，几个人聚集在我周围。他们看到我时显得惊讶，但并没有提供帮助，而是窃窃私语，做出一些动作，这在其他时间可能会让我有点担心。但由于我专注于手头的任务，我只注意到他们在说英语。所以，我用英语和他们交谈，问道："对不起，请问这个镇叫什么名字，我现在在哪里？"

"你很快就会知道的，"一个嗓音沙哑的男人回答道。"也许你来到了一个你不太喜欢的地方，但你没有选择留在哪里，我向你保证。"

我对一个陌生人如此粗鲁的回答感到非常惊讶，看到他的同伴们面带愤怒的表情，我感到不舒服。"为什么你对我说话这么刻薄？"我回应道。"这肯定不是英国人对待陌生人的方式。"

"我不知道，"那个男人说，"英国的习俗怎样，但爱尔兰人有一套讨厌恶棍的习俗。"

272 　当我忙着准备船只和船帆时，有几个人围了过来。他们看到我时很惊讶，但并没有主动提供帮助，而是低声交头接耳，做出一些动作，让我在其他时候可能会感到担心。但是由于我专注于手头的任务，我只是注意到他们在说英语。所以，我用英语和他们交谈，问道："对不起，请问能告诉我这个镇子的名字和我在哪里吗？"

"你很快就会知道的，"一个声音粗糙的男人回答道。"也许你来到了一个你不会很喜欢的地方，但是你对你要待的地方没有发言权，我可以向你保证。"

听到陌生人给我这样粗鲁的回答，我非常吃惊，看到他的伙伴们一脸愤怒，让我感到不舒服。"为什么你对我说话这么刻薄？"我回答道。"英国人对待陌生人当然不是这样的。"

"我不知道，"那个男人说，"英国人的习俗是怎样的，但是爱尔兰人讨厌无赖，这是爱尔兰人的习俗。"

CHAPTER XXI

²⁷³ 我很快被带到见了一个仁慈温和的老法官。他用稍微严厉的表情看着我。然后，他转身对带我来的人们询问，谁会作为证人来陈述。

²⁷⁴ 大约有六位男子踏前一步。法官选择其中一位发言。他说他昨晚和儿子以及姐夫丹尼尔·纳金特一起钓鱼。大约十点左右，他们注意到从北边吹来一股强风，于是决定返回港口。由于是一个没有月亮的黑夜，他们没有停靠在港口，而是去了约两英里远的一个小地方。那个男子携带一些钓鱼用具走在前面，其他人在后面跟随。当他走在沙滩上时，不小心绊到了什么东西，摔倒了。他的伙伴们赶紧过去帮忙，用他们的灯笼照亮，发现他摔在了一个看起来已经死去的人身上。起初他们以为可能是一个溺水尸体冲上岸边，但仔细检查后，发现衣服是干的，尸体也没有冷却。他们把尸体带到附近一位老妇人的小屋，希望能够使其苏醒，但一切都徒劳无功。这位年轻人看起来英俊，大约二十五岁。他似乎是被勒死的，因为脖子上有手指的痕迹。

²⁷⁵ 有大约六个人走上前来，法官挑选其中一个发言。他说他昨晚和儿子以及姐夫丹尼尔·纳金特一同去钓鱼。大约十点左右，他们注意到北方刮起了一阵狂风，所以决定返回港口。当

晚没有月亮，天很黑，所以他们没有靠泊在港口，而是去了离港口大约两英里的一个较小的地方。其中一个人前走，带着一些钓鱼用具，其他人跟在后面。走在沙滩上时，他不小心绊倒了什么东西摔倒了。他的同伴们急忙走过去帮他，用手电筒照亮后，发现他跌在一个看起来已经死去的人身上。他们起初以为可能是一个溺水而被冲到岸边的人的尸体，但仔细一看，发现衣服是干的，尸体也不冷。他们把尸体带到附近一个老妇人的小屋子里，希望能把他救活，但他们的努力是徒劳的。这个年轻人看起来很帅，大约二十五岁左右。看起来他是被勒死的，因为他的脖子上有指印。

这个人说的前半部分对我来说并不重要。但当他们提到指印时，我想起了我兄弟的被谋杀，开始感到非常心痛。我的腿开始颤抖，视野变得模糊。我有一种不好的预感，当法官看到我时，我能看出他已经在心里想到了一些糟糕的事情。

接着，儿子证实了他父亲所说的。然后轮到丹尼尔·纳金特作证。他发誓，在他朋友摔倒之前，他看到一艘只有一个人坐在里面的小船离岸不远。从他能在几颗星星的光亮中看到的情况来看，他相信那是我刚刚离开的同样的船。

住在海滩附近的一位妇女也作了证词。她说，在她听说发现尸体大约一个小时之前，她看到一艘只有一个人坐在里面的小船从尸体被发现的海岸离开。

另一位妇女证实了渔民所说的关于把尸体带到她家的情况。他们把尸体放到床上试图复活他时，尸体还没有变冷。丹尼尔去找医生，但已经太迟了。那个人已经死了。

有几个人被询问了关于我到达的事情。他们都同意因为夜间强烈的北风，我很可能在周围航行了很长时间，最终回到了出发的地方。他们还注意到，尸体似乎是从别处带来的，而且因为我似乎不熟悉这个地区，有可能在没有意识到距离＊＊＊城有多远的情况下就靠岸了，离开了尸体。

听完这些证词后，柯尔文先生决定带我去准备下葬的房间，看看我的反应。他可能觉得根据我听到描述谋杀时的反应，看到尸体可能会对我产生影响。法官和几个其他人陪同我去了客栈。我不禁注意到这个充满事件的夜晚发生了一些奇怪

276

的巧合。但是既然我知道在尸体被发现的时候我正和岛上的几个人交谈，我并不担心接下来会发生什么。

我走进了放置尸体的房间，被带到了棺材前。光是想到那可怕的一瞬间，我就感到心里一阵发冷，不禁颤抖起来。检验、法官和目击证人的存在，当我看到亨利·克拉沃尔无生命的尸体摆在眼前时，这一切都从记忆中淡去。我无法呼吸，失去了平衡，跌倒在尸体上，说道："连你也被我的恶意所夺去了生命吗，我的亲爱的亨利？我已经毁掉了两个人，还有更多的受害者在等待。但是，克拉沃尔，我的朋友，我的助手……"

我无法再忍受这种痛苦，就在我痉挛不止的时候被带出了房间。

之后，我得了一场病。我在临死边缘挣扎了两个月。后来我得知，我在发狂时说了可怕的话。我称自己为威廉、贾斯蒂娜和克拉沃尔的凶手。有时我会恳求照顾我的人帮我消灭折磨着我的怪物。有时，我感觉到怪物的手指勒紧我的脖子，我会痛苦地尖叫和恐惧。幸运的是，只有柯温先生能听得懂我，因为我是用我的母语说话。但是，我的疯狂的动作和呼喊恐吓到了其他的目击证人。

为什么我没有死呢？我比任何人都更痛苦。为什么我不能忘记一切，找到宁静？死神带走了许多年轻的孩子，成了他们慈爱父母唯一希望的人。有多少新娘和年轻恋人，从健康和充满希望的一天，变成了腐尸，食物给蠕虫？我到底是由什么构成，能够忍受如此痛苦，如同一个没有尽头的折磨？

但我注定要活下来。两个月后，我从一场像梦一样的状态中醒来，实际上我是在一个监牢里。我躺在一张糟糕的床上，周围有狱卒、钥匙、锁和所有可怕的东西，你在地牢里都能找到。当我醒来并开始理解发生了什么时，天已经亮了。我不能记起所有细节，但感觉自己经历了严重的事情。当我环顾四周，看到铁栏窗户和肮脏的房间时，回忆涌上心头，我不禁绝望地呻吟起来。

这声音把一个坐在我旁边椅子上睡觉的老太太吵醒了。她是被雇来照顾我的护士。她的脸上显示出了那种常见于她这样的人的丑陋品质。她的脸看起来又硬又粗糙，像一个习惯了看见悲惨事情却并不关心的人。她的声音听起来很熟悉，像是我在困难时期听过的某个人。

"你现在感觉好点了吗，先生？"她用英语问我。

我用同样的语言虚弱地回答道："我想是的，但如果一切都是真的，如果我不仅仅是做了个梦，那么我很抱歉我还活着去感受这种痛苦和恐怖。"

"至于那个，"老太太回答，"如果你说的是你杀死的那个人，我觉得你死了会更好。我觉得对你来说，事情将会非常艰难！但这与我无关。我在这里照顾你，帮助你康复。我充满良心地完成我的工作。如果每个人都能这样就好了。"

我厌恶地转过头去。这个人怎么能对一个刚刚从死亡边缘被拯救的人说这样无情的话？但我太虚弱了，无法思考发生的一切。我的整个生命在我眼中都像一个梦。有时候我怀疑这是否真的发生过，因为在我的脑海中它感觉不真实。

当我在脑海中看到更清晰的画面时，我开始发烧了。我被黑暗所包围，没有人用爱来安慰我，没有人用关心的手来支持我。医生来了，并开了药方，但是那个给我准备药的老女人却对我投以了恶意的眼光。没有人关心我。

这是我最初的想法，但我很快发现基尔温先生对我非常友善。他为我安排了监狱里最好的房间，虽然即使是最好的房间也很悲惨。他还提供了医生和护士。他很少来看我，因为他不想亲眼目睹一个凶手的痛苦和痛苦的喃喃自语。他只是偶尔来，确认我没有被忽视，但他的访问短暂而少见。

有一天，当我慢慢开始恢复时，我坐在椅子上，半眯着眼睛，苍白的脸颊看起来像一个死人一样。我心里充满了悲伤和痛苦，经常想着或许死亡对我来说比活在这个充满不幸的世界更好。有一次，我甚至考虑承认自己的罪行，面对法律的惩罚，尽管我并不像可怜的贾斯廷那样无辜地受到了不公正的待遇。当门打开，柯宁先生走了进来时，这些都是我的想法。他的脸上显示着同情和关切。他拉过一把椅子靠近我的床边，用法语对我说道：

"我想象这个地方对你来说一定很痛苦。我能为你做些什么让你更舒服吗？"

"谢谢你，但你能提供的任何东西对我来说都毫无意义。在这个世界上，我已经无法接受任何慰藉了。"

"我明白，一个陌生人的同情对于那些背负着像你这样奇特不幸的人来说，只能提供一丁点的缓解。但我希望你很快能离开这个悲伤的地方，因为我相信有证据能够为你洗清所指控的罪名。"

"这是我最不担心的事情。通过一系列奇怪的事件，我已经成为了世上最悲惨的人。在我经历了所有的迫害和折磨后，死亡对我来说真的算得上是一种邪恶吗？"

"最近发生的奇怪事件是非常不幸和痛苦的。你是被一个令人吃惊的意外带到这片热情友好的海岸，却立刻被捉住并被指控谋杀。你看到的第一件事就是你朋友的尸体，以一种毫无道理的方式被谋杀，几乎像是某种邪恶力量故意放在你的路上。"

当柯文先生说着时，我既感到了由回忆苦难而引起的激动，又对他对我的了解感到吃惊。我的表情一定显示出了一些惊讶，因为柯文先生迅速补充道：

"你生病后，你身上的所有文件都交给了我。我检查了它们，希望能找到一些线索，让我能够向你的家人告知你的不幸和病情。我找到了几封信，其中包括一封你父亲的信，从开头我就辨认出来了。我当即写信给日内瓦，但已经快两个月了，我发送的信还没有回音。但你现在不好，你甚至现在还颤抖着。你不应该再受到任何激动。"

"悬念比最可怕的事件还要糟糕千倍。请告诉我又发生了什么新的悲剧，我现在该为谁的谋杀而哀悼？"

"你的家人都很好，"柯文先生温柔地说。"还有一个朋友来看你。"

我不知道怎么回事，突然间我有了一个想法。一个可怕的想法。我相信凶手已经来了，他在嘲笑我，用克莱维尔的死来折磨我，好像这样他可以迫使我听从他的意愿。恐惧笼罩着我，我捂住眼睛，痛苦地呼喊道：

"哦！把他逐出去！我不能忍受看见他。请不要让他靠近我！"

柯温先生关切地看着我。他把我这番话解释为有罪的认可，并严厉地回应道：

"年轻人，我本来期望你父亲的到来会带来喜悦，而不是如此强烈的反感。"

"我父亲！"我惊叫道，我的面容和身体瞬间由痛苦变为喜悦。"我的父亲真的来了吗？他多么好，多么无比地好！但他在哪里？为什么他不急着来看我？"

我突然的转变让司法官感到惊讶和高兴。他也许认为我之前的发作只是一时的病态。他迅速恢复了亲切。他和我的护士一起离开了房间，很快，我父亲进来了。

这时，父亲的到来给我带来了巨大的喜悦。我伸出手，问道：

"你平安吗？伊丽莎白和欧内斯特呢？"

我不知道是怎么回事，但突然间我有了一个念头。一个可怕的念头。我相信凶手来嘲笑我，折磨我，以克莱维尔的死来逼迫我做他想要的事情。害怕得不知所措，我捂住眼睛，痛苦地呼喊起来：

"哦！把他赶走！我不能忍受看到他。拜托，别让他靠近我！"

柯温先生关切地看着我。他把我这番发作理解成了承认自己有罪，态度严厉地回答道：

"年轻人，我本来以为你父亲的到来会带来喜悦，而不是如此强烈的厌恶。"

"我的父亲！"我惊叫道，痛苦的表情瞬间转为喜悦。"我父亲真的来了吗？太好了，太太太好了！可是他在哪里？为什么他不急着来看我？"

我突然的表情转变让法官感到惊讶和高兴。也许他认为我之前的发作只是一时的病症。他迅速恢复了和善。他站起身，和我的护士一起离开了房间，很快，我的父亲进来了。

那一刻，父亲的到来给我带来了巨大的喜悦。我伸出手向他，问道：

"你平安吗？伊丽莎白和欧内斯特怎么样了？"

在我康复的过程中，一种黑暗而悲伤的感觉控制了我，无论如何都无法消失。克莱沃尔被残忍谋杀的画面时刻困扰着我。我的朋友们担心这些想法可能会再次使我生病。为什么他们要拯救我，使我摆脱这样的悲惨和被憎恨的生活呢？这一定是因为我有一个使命要完成，现在已经快要结束了。死亡将很快来临，停止这些痛苦的感觉，使我摆脱沉重的悲伤负担。正义得以伸张时，我终将找到平静。死亡似乎遥远，但我经常希望它的到来。我会静静地坐着，不出一言数小时，希望会有一次巨大的变革，埋葬我和这一切苦难的罪魁祸首。

286　　审判的日期即将到来，我已经在监狱里待了三个月。虽然我还很虚弱，有再次生病的风险，但我必须跋涉近百英里去法庭所在的城镇。柯尔文先生负责召集证人和准备我的辩护。幸运的是，我不必面对被视为罪犯的耻辱，因为我的案件并未提交到裁决生死的法庭。陪审团在证实我在奥克尼群岛时，我的朋友被发现时拒绝了指控。我被转移两周后，终于从监狱中获得了自由。

　　我父亲对我被指控犯罪的负担解脱而感到欣喜。他高兴我能再次呼吸新鲜空气，回到家中。但我无法分享他的幸福。对我而言，地牢和宫殿的围墙同样令人厌恶。生活已经永远被污染，即使太阳如同照耀幸福人群般照耀着我，我周围所见只有一片浓重而可怕的黑暗。除了两只眼睛微弱的闪光，完全没有任何光亮。有时，那双眼睛是亨利的慈爱的眼睛，他现在已经去世了，他的黑眼珠几乎隐藏在眼皮下面，还有他浓密的黑色睫毛。有时，那双眼睛是怪物的湿润而朦胧的眼睛，是我第一次在英戈尔斯塔特的房间里看到它们的时候。

287　　我爸爸试图让我感受到亲情。他说我很快会去日内瓦见到伊丽莎白和欧内斯特。但听到这些话让我发出深深的叹息。有时候，我确实渴望幸福。我会想念我所爱的表妹或怀念我的家乡。但大部分时间，我感到麻木和漠不关心，无论是在监狱里还是在最美的自然环境中对我来说都无所谓。除非突然爆发的痛苦和绝望，这些时刻很少被打断。我如此深深地伤感。

288　　但是我知道还有一项重要的责任要履行，即使我被自己的悲伤所包围。我需要尽快返回日内瓦，保护我深爱的人们。我也需要寻找那个谋杀犯，确保他们再也不能伤害我或任何其他人。我认为这个怪物般的人物，他的灵魂更加邪恶，必须被制止。

　　父亲想要拖延我们的旅程，因为他担心我无法应对旅行的身体要求。他是对的——我几乎无法坚持。我就像是一个脆弱的影子，一个消瘦的骷髅。我失去了所有的力量。白天黑夜，我被发烧困扰着，进一步削弱了我已经衰弱的身体。

289　　但是因为我非常焦虑和渴望离开爱尔兰，我父亲决定我们最好还是走。我们登上了一艘开往哈夫尔-德-格雷斯的船，随着一股顺风顺水远航。那是夜晚，我躺在甲板上仰望星空，聆听着波浪拍打船身的声音。看着爱尔兰渐行渐远，我感到一种宽慰，内心充满期待，因为知道很快我将抵达日内瓦。过去对我来说宛如一场可怕的噩梦。但站在这艘船上，被风吹离爱尔兰，被大海环绕，让我再次意识到一切都是真实的。我的朋友克莱维尔成为了我和我创造出的怪物的受害者。我回想起我的整个生活——在日内瓦与家人度过的平静时光，母亲去世的那个悲痛时刻，以及当我离开英戈尔斯塔特时的情景。回想起当年驱使我创造出可怕敌人的那种强烈兴奋，以及他复活的那个夜晚，我不禁打了个寒颤。我的思绪无法继续下去，无数的情绪叠加在我身上，我无法控制地哭泣起来。

290　　当我从疾病中恢复过来后，我开始每晚吃一点叫做罗阿丹的药物。这是我能得到足够休息以保持生命的唯一方法。但由于我被所有发生在我身上的糟糕事情所困扰，我服用了平时剂量的两倍，陷入了深度睡眠。虽然我睡着了，但我仍然做着可怕的梦。早晨来了，我感觉自己被困在一个噩梦中。我感觉有人抓住我的脖子，我无法挣脱。我听到周围传来呻吟和哭声。我的父亲正在看着我，注意到我不安地睡着，便把我叫醒。我看到波涛汹涌和上面阴云密布的天空。可怕的生物不在了。我感到有点安全了，就像在等待我的不断灾难中有一次停顿。它让我暂时忘记了所有的烦恼，这是人类心灵特别擅长做的事情。

CHAPTER XXII

291 我们的旅程结束了，我们到达了巴黎。但我意识到我需要休息才能继续前行。我父亲非常关心我，试图帮助我减轻痛苦，但他不知道我为什么会感到这样。他认为外出社交会让我感觉好些。但我不能忍受与人在一起。嗯，并不完全是不能忍受，因为他们是我的同类人，我实际上感到被他们吸引，即使他们不是那么愉快的人。我将他们看作是天使般的存在。但我感觉我没有权利和他们在一起。我在他们中间制造了一个敌人，一个享受伤害他们、让他们受苦的生物。如果他们知道我做了什么，他们都会恨我并把我赶走。

最终，我父亲接受了我避开社会的愿望。他试图说服我，被指控谋杀不应该让我感到如此羞愧。他说自豪是毫无价值的。

292 "啊爸爸，"我伤心地说道。"你根本不了解我。像我这样的人若是感到骄傲，这会贬低人类和他们的情感。贾斯汀，可怜的贾斯汀，和我一样无辜，却也被指控。她因此而死，这都是我的错——是我杀了她。威廉、贾斯汀和亨利——都是因为我而死去。"

在监狱里的这段时间里，我经常对我父亲说同样的话。有时，他似乎很好奇，想要我解释，但其他时候，他则将其归咎为我的病症所产生的幻想。我避免给出解释，并对自己所创造的怪物保持沉默。我担心人们会认为我发疯，这让我无法开口。但还有一个原因——我无法忍受揭示一个会使父亲恐惧和恐惧的秘密。因此，我压抑了我迫切需要理解的需求，选择了沉默，尽管我渴望与人分享这可怕的真相。然而，尽管我努力了，像刚才说出的这些话还是会在我体内不受控制地爆发出来。我无法解释它们，但表达它们在一定程度上能减轻我神秘悲伤的负担。

有一天，我的父亲惊讶地看着我说："亲爱的维克多，你为什么说这样不可思议的话呢？拜托，我亲爱的儿子，再也不要提出那种说法了。"

"不，我不是疯了"，我激动地喊道。"太阳和天空已经见证了我的行为，可以作证实情。那些无辜的受害者死去，是因为我的所作所为。我愿意为了救他们，用自己的生命滴滴血液！但是，父亲，我不能牺牲整个人类。"

听到这些话后，我的父亲认为我的思维混乱。他立刻改变了话题，试图转移我的注意力，抹去在爱尔兰发生的事情。他再也没有提过那些事件，也不允许我谈论我所经历的不幸。

随着时间的推移，我变得更加冷静。悲惨生活在我的心中，但我不再以同样的混乱方式谈论自己的罪行。只有我自己知道和承认它们对我来说已经足够了。我必须控制住向世界揭露一切的强烈欲望。我的行为比我去冰冷的海洋时更加从容和平和。

出发去瑞士的几天前，我收到了伊丽莎白的一封信。信上写道：

"我收到我在巴黎的叔叔来的一封信非常高兴。你现在离我更近了，希望不到两周我们能见面。我只能想象你一定受了很多苦。我期望见到你时，你的样子可能会比你离开日内瓦时更糟糕。这个冬天对我来说也很可怕，我一直担心着。但是，我希望你的脸上能看到和平，你的心里能找到一些安慰和宁静。

然而，我担心那些让你一年前感到痛苦的情绪仍然存在，可能随着时间的推移变得更糟。在你的困境中，我不想给你添麻烦，但是我在我叔叔离开之前和他有了一次对话，这需要在我们见面之前进行一些解释。

　　你可能想知道，为什么伊丽莎白需要解释一些事情？如果你有这样的疑问，那么所有我的问题都得到了答复，我的疑虑也得到了解除。然而，由于你现在远在他乡，你可能既怕又渴望这个解释。考虑到这种可能性，我已经不能再推迟写我一直想在你离开期间告诉你的话，尽管我一直缺乏勇气开始。"

295　　维克多，你知道我们的父母一直希望我们结婚。他们在我们小的时候告诉我们这个事情，我们被教导着期待着这一天的到来。我们小时候是亲密的朋友，而我们长大后，我感觉我们彼此变得更亲切了。但有时候，兄弟姐妹之间可以有一种强烈的关联却不一定希望比这更亲近。这对我们也可能是真的吗？请你告诉我，我最亲爱的维克多。我请求你诚实回答，为了我们能共同幸福地在一起——你爱上了别人吗？

296　　你在因戈尔施塔特旅行并度过了多年。朋友啊，去年秋天，当我看到你如此不快乐，与所有人疏远时，我开始想也许你不再想和我们在一起了。我必须坦白，朋友啊，我深深地爱着你，在我对未来的梦想中，你一直是我忠诚的朋友和伴侣。然而，我要你的幸福与自己一样重要。所以，我想让你知道，我们的婚姻如果不是你自愿的选择，我会永远不快乐。哦，维克多啊，请知道我真心地爱你，如果你认为我不是这样的话，我会非常伤心。请，朋友，保持快乐。如果你能满足我的一个请求，你要知道任何这个世界上的事情都不能打扰我的平静。

297　　请不要因为这封信而心烦。你不必明天或后天回复。我不想让你难过。叔叔会时刻向我汇报。我只希望在你回来时见到你的笑容。那会让我非常开心。

　　伊丽莎白·拉文萨

　　日内瓦，17—年5月18日

～

读这封信让我想起了一件我曾忘记的事情：那个怪物的威胁——"我会在你的婚礼之夜陪伴你！"那是我的惩罚。怪物承诺要尽一切努力摧毁我，夺走给我带来安慰的幸福。他计划通过杀死我来实现他邪恶的行为。好吧，就这样吧。那个晚上肯定会有一场激烈的战斗。如果他赢了，我将终于找到平静，他对我的控制也将结束。如果我击败了他，我将成为一个自由的人。但是什么样的自由呢？就像一个农民在见证了他的家人被屠杀、家被烧毁、土地被摧毁，最终无家可归，贫穷孤单，却自由的时候一样。这将是我的版本的自由，只不过我还有伊丽莎白，她对我来说是宝贵的财富。不幸的是，她被我懊悔和内疚的负担所掩盖，这将在我死前一直困扰着我。

亲爱的可爱的伊丽莎白！我一遍又一遍地阅读她的信，它在我心中唤起了柔情。让我像置身于天堂一样梦想着爱与幸福。但不幸的是，伤害已经发生，我知道希望正在被剥夺。尽管如此，我愿意为了她的幸福做任何事情。如果怪物兑现了他的威胁，死亡是注定的。然而，我想知道是否结婚会让我的死亡来得更快。也许我的折磨者会怀疑我是因为他的威胁而拖延了结婚，他会找到另一种，甚至更糟的方式来报复。他曾承诺在我的婚礼之夜与我同在，但他并没有认为他必须在那之前让我独自一人。事实上，他通过在威胁之后立即杀死克莱维尔向我展示了他仍然渴望更多鲜血。因此，我决定如果立即与我的表妹结婚能给她或我们的父亲带来幸福，我不会让我敌人结束我的生命的计划再一次延迟那一刻。

亲爱的伊丽莎白！我一遍又一遍地读着她的信，它带给了我一些温柔的感觉。它让我梦想着爱和幸福，就像天堂一样。但不幸的是，损害已经发生，我知道我的希望正在被夺走。尽管如此，我愿意为了让她幸福而做任何事情。如果怪物按照他的威胁行事，死亡肯定会到来。然而，我想知道是否立即结婚会让我的死亡更加迅速。也许我的折磨者会怀疑我是因为他的威胁而推迟这件事，他会找到另一种，甚至更糟糕的方式来报复。他曾承诺在我的婚礼之夜和我在一起，但他并不认为那意味着他要在那之前离开我。事实上，他通过在威胁之后杀死克莱维尔向我展示了他仍然想要更多的血。因此，我决定，如果立即娶我的表妹会给她或我们父亲带来幸福，我不会让我的敌人计划结束我的生命再稍稍拖延。

那份平静并没有持续下去。回忆起发生的事情让我失去了理智。有时我会充满怒火和愤怒，有时感到悲伤和无助。我不与任何人说话，甚至不看他们一眼。我只是静静地坐着，被所有的悲惨所淹没。

唯有Elizabeth才能让我摆脱这些情绪。她温柔的声音会在我充满强烈情绪时平静我，提醒我去感受自己依然是个人的感觉。她与我一起哭泣，为我而哭泣。当我恢复理智时，她会和我交谈，试图鼓励我接受自己的处境。对不幸者来说，接受命运是好的，但对于有罪的人来说，内心是无法得到平静的。悔恨之痛毁掉了沉溺于过度悲伤的任何安慰。

我抵达不久，父亲提起了我和Elizabeth即将结婚的事。我没有说话。

"你是不是对其他人有感觉？"他问道。

"在这个世上没有任何人。我爱Elizabeth，我很期待我们在一起。让我们决定婚期吧，在那一天，我将全心全意为她的幸福而奉献，即使这意味着牺牲自己的生活。"

"亲爱的维克多，请不要说那样的话。我们经历了一些糟糕的事情，但让我们抓住剩下的东西，将我们的爱从那些我们失去的人们转移到还在这里的人身上。我们的团体会很小，但因为彼此的情感和共同的不幸而更加亲密。而当时间减轻你的悲伤时，新的和珍爱的事物将会出现，来替代我们如此残忍地失去的那些。"

这是我父亲告诉我的。但我无法忘记那个威胁：我觉得有道理去想，那个凶手在他的暴力行动中是无法战胜的。当他说："我会在你的婚礼之夜与你同在"，我看到那个命运是无可避免的事情。但如果那意味着我不会失去伊丽莎白，死亡对我来说并不可怕。所以，我同意了我父亲的提议，看起来满足甚至开心，如果我的表妹也同意，我们会在十天后举行婚礼。我以为这会决定我的命运。

天哪！要是我早知道我的怪兽敌人心里的邪恶计划，我宁愿离开家乡独自流浪世界，没有任何朋友，也不愿意答应这场可怕的婚姻。但不知怎么的，那个怪物却骗了我，我看不出他真正的意图。我以为我只是在准备迎接自己的死亡，但事实上，我却正在加速失去一个更亲爱的人的死亡。

随着婚礼日渐临近，我的心开始沉重起来。我努力不让自己的悲伤表露出来，但伊丽莎白，她用她那目不转睛的眼睛看穿了我的伪装。她以平静的幸福期待着我们的婚姻，虽然心里也有些许恐惧。我们过去所经历的艰难困苦，使她相信眼前的看似确定而真实的幸福，可能会像一场白日梦一样消散，只留下深深的、永远的懊悔。

我们正在为这一大事做准备。人们来祝贺我们，大家都很开心。爸爸设法从奥地利政府那里拿回了伊丽莎白的一部分遗产。她拥有一个在科莫湖边的小地块。我们约定，结婚后，我们将去拉文扎别墅，在这美丽的湖边度过我们最初的幸福时光。

与此同时，我采取了一些预防措施，以防那个恶魔决定公开攻击我。我随时带着枪和刀，保持警惕以避免任何诡计。这让我感到更加平静和安宁。最终，我变得舒适起来，不再担心可能发生的事情。大家都在讨论我们的婚礼，认为没有任何事情能阻止这个事件的发生。

伊丽莎白看起来很开心，而我冷静的态度让她放心。然而，在那个本应实现我的心愿并改变我的命运的日子，她却显得悲伤，感觉到有不好的事情即将发生。也许她也在思考着我答应明天告诉她的可怕秘密。与此同时，我的父亲欣喜若狂，兴奋的筹备中，他只把伊丽莎白的悲伤看作是新娘的紧张情绪。

婚礼仪式结束后，一大群人聚集在我父亲家。我们决定伊丽莎白和我会乘船开始我们的旅程，先在埃维昂过夜，然后继续第二天。天气很好，风势顺利，一切都似乎很适合我们的婚船之行。

这是我人生中最后一刻感到真正快乐的时刻。我们在湖上迅速航行，在帆篷下避开烈日的炙烤。我们看到了壮丽的海岸和山脉。

我握住伊丽莎白的手说，"你看起来有点伤心，我的爱。要是你知道我所承受的痛苦，以及我可能仍然要面对的困难就好了。请让我享受这一天的平静和希望吧。"

"不要担心，维克多，"伊丽莎白回答道。"没有什么能困扰你。尽管我可能看起来并不兴高采烈，但我的心很满足。有一种感觉告诉我不要对我们的未来期待太多，但我不会听那些负面的想法。看我们飞快地前进，看蒙特布朗上方的云彩增添了这幅景色的美丽。看那些鱼在清澈的水中游动，每个鹅卵石都清晰可见。多么完美的一天！大自然是如此快乐而平静。"

伊丽莎白试图转移自己的注意力，也分散我的注意力，不让自己沉溺在忧郁的思绪中。但她的情绪却一直在起伏变幻。快乐会短暂地在她的眼中闪现，然后被分散和胡思乱想所取代。

太阳在天空中逐渐西沉。我们渡过了德朗斯河，看到它在高山之间流淌。阿尔卑斯山靠近湖泊的地方，我们离山变得越来越近。我们可以看到埃维昂山的山顶从周围的树林中若隐若现。

在日落时，推动着我们前进的强风突然平息，只剩下微风。随着我们接近岸边，柔软的空气在树林之间愉快地流动着。从那里，我们可以闻到花朵和新鲜切割的干草的美妙香气。太阳在我们踏上陆地时消失在地平线下。当我踏上岸边时，我感受到即将困扰我的忧虑和恐惧再次苏醒，永远不会离去。

CHAPTER XXIII

我们到达时已经八点钟了。我们沿着湖岸散步了一会儿。随后，我们回到客栈，继续享受美丽的景色。

风从南边渐渐平息，突然又从西边刮起，变得狂风暴雨。月亮已经达到了最高点，开始西下。空中有很多鸟，它们看起来像秃鹰。突然，一场大雷雨开始了。

白天的时候我还挺平静的，但是一到晚上，物体变得不太清晰，我的脑海里涌上了千万种恐惧。我心神不宁，保持警惕，口袋里藏着一把手枪。每一个声音都吓到我，但我下定决心，我要勇猛地战斗，坚决不退缩，直到我的对手或我自己被击败。

伊丽莎白默默地看着我焦躁不安，感到害怕和不安。她从我的表情中可以感觉到有什么不对劲，紧张地问我："亲爱的维克多，你在担心什么？你害怕什么？"

"哦，请相信我，我的爱人，今晚一切都会好的。但这夜晚是可怕的，非常可怕。"

我一直处于担忧的状态中，一个小时过去了，我意识到如果我预料中的战斗发生了，对我的妻子来说会是多么可怕。我求她离开，并承诺稍后会找到她，一旦我知道我的敌人在哪里。

她走了，我在房子里走了一会儿，搜查着每个角落，我的对手可能藏在那里。但我没有发现他的踪迹，开始想也许有幸运的事情阻止了他实施威胁。突然，我听到了一声巨大而可怕的尖叫声。声音传来自伊丽莎白所去的房间。当我听到它时，我立刻明白发生了什么。我的双臂变得无力，无法动弹。我感到我的血在我的血管里冰冷地流动，我的四肢开始发麻。这种状态只持续了一瞬间，然后我又听到了尖叫声，我冲进了房间。

309　　哦不！为什么我那时没有死去！为什么我还在这里，要讲述地球上最有希望、最纯真的存在被毁灭的悲惨故事呢？她躺在床上，毫无生气和动作，头垂下，苍白扭曲的脸部被一头头发部分遮住。这一幕震撼人心，我甚至不确定自己是否能够继续生活下去。瞬间，我失去了意识，倒在地上。

当我苏醒过来时，我发现自己被客栈的人包围着。他们的脸上充满了恐怖，但与我所承受的悲痛相比，他们的恐惧微不足道。我想方设法躲开了他们，退回到伊丽莎白的遗体所在的房间。她是我的爱人，我的妻子，她刚刚还活着，对我来说是如此珍贵。自从我上次见到她后，她已经改变了姿势。她的头现在靠在手臂上，脸和脖子上轻轻地覆盖着一块手绢。乍一看，人们可能会以为她在睡觉。我冲向她，紧紧地拥抱着她，但她没有一丝生气。她的脖子上有着可怕的勒痕。

310　当我在她身上徘徊时，完全被绝望所淹没，我抬头望去。房间之前一片黑暗，所以当我看到月光洒满这个房间时，我感到惊讶。百叶窗被打开了，而我的恐惧是，我看到一个身影站在开着的窗口。一个邪恶的笑容在怪物的脸上扩散开来，他指着我妻子无生命的身躯。我冲向窗户试图抓住他，但他以难以置信的速度消失在湖中。

枪声吸引了人群进入房间。我示意那个怪物消失的方向，我们乘船出发去搜寻他。我们把网投进水中，但我们的努力白费了。在寻找中度过了许多小时后，我们带着绝望回到了岸边。我的大部分伙伴认为我所见的是我的幻想产物。一旦我们登陆，他们分成几组，在周围的地区展开搜索，在树林和葡萄园中探索各种路径。

我试着跟他们一起走，从房子走了一小段路。但我的头晕晕乎乎的，我像酒鬼一样踉跄地走来走去。最后，我因为筋疲力尽而倒下。我的视线变得模糊，皮肤因发烧而干燥。他们将我带回到房子里，把我放在床上。我几乎不知道发生了什么。我环顾四周，寻找我丢失的东西。

过了一段时间，我起身，本能地爬进我心爱的人的遗体所在的房间。周围有妇女们在哭泣。我俯身在遗体上，和她们一同流泪。那段时间，我的思想无法形成清晰的想法。我的思绪游离，把我的不幸和他们的原因搅和在一起。我迷失在困惑和恐惧中。威廉的死，贾斯廷的惩罚，克莱维尔的凶杀，最后是我妻子的死 - 即使在那一刻，我也不知道我的剩下的朋友是否能逃过怪物邪恶计划的魔掌。我的父亲可能正在他的控制下苦苦挣扎，而厄尼斯特可能已经去世。这个想法让我颤抖，使我恢复了理智。我跳了起来，决定迅速返回日内瓦。

因为没有马可乘，我只能沿着湖边返回。风很大，雨下得很大。不过，天还早，我觉得可以在天黑前赶回去。我雇了一些人划船，我自己握了一支桨。我以前总是通过体力活动来缓解烦恼的。但是这次，我被悲伤淹没，找不到划船的力量。我放下了桨，双手托着头，让所有的阴郁思绪涌上心头。当我抬头时，我看到了熟悉的快乐时光，那些我与现在只是一段回忆的人一起度过的时光。眼泪流了下来。我无法相信我生活的这种迅速变化。不久之前我还很开心，现在我却无望了。一个恶魔夺走了我未来幸福的希望。我从未如此悲惨过，这样可怕的事件在人类历史上是独一无二的。

但我为什么要继续说那可怕事件之后发生的事情呢？我的故事充满了恐怖的事情。它已经达到了最糟糕的时刻，现在我要告诉你的可能只是无聊的事情。只要知道，我的朋友一个接一个地离开了我，让我孤独一人。我已经筋疲力尽，现在必须用几句话总结我可怕的故事剩下的部分。

我终于到达了日内瓦。我父亲和欧内斯特还活着，但我父亲无法承受我带来的消息。他的眼睛失去了闪光和喜悦，只是无目的地徘徊。伊丽莎白就像他的女儿一样，给他带来了很多幸福。特别是在他生命的这个阶段，他没有了多少亲人，他深深珍视她。我诅咒那个给我父亲的晚年带来如此痛苦的怪物。他的生活信心突然消失了。他甚至无法下床，只过了几天，他就在我怀里去世了。

那之后发生了什么事情呢？我不知道。我失去了一切感觉，被锁在黑暗中。我感到非常难过，但随着时间的推移，我开始理解自己可怕的处境和痛苦。最终，他们释放了我，因为他们认为我疯了。原来，在许多个月里，我被关在一个小小的孤独牢房里。

但自由对我来说并没有太大意义，除非我在恢复理智的同时也觉醒以寻求报复。当我记起发生在我身上的可怕事情时，我开始思考为什么会发生这一切。这一切都是因为我创造的怪物，我释放到世界上来毁灭我自己的可悲生物。每当我想起他，我都充满了无法控制的愤怒。我想要报复。

我的仇恨不仅仅停留在渴望报复上。我开始考虑如何捉住他。在被释放大约一个月后，我去找当地的一位法官，并告诉他我有一个控告要提出。我说我认识杀害我家人的凶手，请求他动用自己的权力逮捕这个怪物。

法官认真而友善地听着我讲述，他说："放心吧，先生，我会不遗余力地追查罪犯。"

"谢谢您。"我回答道。"现在，请听我陈述。这是一个如此奇怪的故事，我担心您可能不会相信，但其中有一些真实的东西，无论多么离奇，都足以令人相信。这个故事太连贯，不可能被误认为是一个梦，而我也没有撒谎的理由。"我以平和的口吻说道。在心中，我已决心追捕我的毁灭者，这个目标使我平复了痛苦，暂时接受了生活。我简要、但自信而准确地回忆了我的经历，准确记录日期，避免愤怒的爆发或惊叹。

起初，法官似乎表示怀疑，但随着我继续讲述，他变得更加专注和感兴趣。有时我注意到他因恐惧而颤抖。

当我讲完我的故事后，我说："这就是我指控的人，我敦促您动用您的一切力量来抓捕和惩罚他们。这是您作为一名法官的职责，我相信并希望，您作为一个人类的同情心不会阻止您履行您的责任。"

当我说话的时候，我看到听我讲话的人的脸上有了变化。

他听过我的故事，但只相信了一半，认为这只是关于鬼魂和奇怪事件的故事。但现在，当他需要采取正式行动时，他的怀疑又回来了。不过，他还是温柔地回答说："我想帮助你找到他，但你所描述的这个生物似乎有着让我无法捉拿的能力。你怎么可能追踪一个可以穿越冰冷的海洋，隐藏在危险的禁地之中的东西呢？而且，他犯下罪行已经过去了几个月，现在又能知道他可能在何处呢。"

"我相信他就在我居住的附近，如果他躲在阿尔卑斯山，我们可以像追逐野生动物一样追捕他。我们可以将他作为危险的掠食者消灭掉。但我可以猜到你在想什么——你不相信我所说的，并且不打算像他们应得的那样惩罚我的敌人。"

当我说话的时候，我看到那个人的脸变了。他听了我的故事，但只信了一半，认为那只是一个关于鬼魅和奇怪事件的故事。但现在，当他必须采取官方行动时，他的疑虑又回来了。尽管如此，他还是温和地回答道："我想在你寻找的过程中帮助你，但你描述的生物似乎拥有超出我的能力捕捉的力量。你如何追踪一个可以穿越冰海、躲藏在禁地的危险之地的东西呢？此外，他犯罪已经过去几个月了，谁知道他现在可能在哪里。"

"我相信他就在我生活的地方附近，如果他躲在阿尔卑斯山，我们可以像追捕野生动物一样追踪他。我们可以将他消灭作为危险的捕食者。但我知道你在想什么——你不相信我所说的，而且你不打算像他们应得的那样惩罚我的敌人。"

我气愤地离开了房子，感到心烦意乱。我找一个安静的地方，思考我还能做些什么。

CHAPTER XXIV

 我当时陷入了眼前的困境中，无法清晰地思考。愤怒充满了我的内心，但也让我能够保持专注力。我没有失去控制，反而变得谨慎和沉着。我知道我必须永远离开日内瓦。尽管在美好的生活中，日内瓦曾经让我感到亲切，但现在却令人难以忍受。我收集了一些属于我母亲的钱和珠宝，然后开始了旅程。

于是，我的旅行开始了，它将一直持续到我死去。我去过这个地球上许多地方，经历了旅行者在沙漠和未开化土地面临的无数艰辛。我甚至不知道自己是如何存活下来的。许多时候，我在沙漠中疲惫地躺下时，祈求着死亡。但是，复仇让我继续前行。我不能死去，让我的敌人继续活着。

 当我离开日内瓦时，我的第一个任务是寻找一个线索，帮助我追踪那个邪恶的敌人。然而，我没有一个清晰的计划，所以我在镇外徘徊了很多个小时，不确定该走哪条路。天黑下来时，我发现自己来到了威廉、伊丽莎白和我父亲安息的墓地入口。就像已故的灵魂在我周围徘徊，投下一片阴影。我能感觉到，尽管看不见。

 当我看到这令人心碎的景象时，我被悲伤淹没了，但很快这悲伤转化为了愤怒和绝望。他们离开了，而我还活着。杀害他们的人仍然活着，为了摆脱我的痛苦，我必须继续生活。我跪在草地上，亲吻着大地。颤抖着的嘴唇颤抖着说道："我宣誓以我跪在的神圣土地为证，以身边的灵魂为证，以我深深而永恒的悲伤为证，我将追寻那个造成这种痛苦的怪物，直到他或者我被击败。我将为了这个目的保持自己的生命。我将再次看到太阳，踏着大地的绿草行走。我请求你们，亡者的灵魂，请让那个被诅咒而邪恶的生物受尽折磨。让他感受到我此刻的绝望。"

我以严肃而庄重的方式开始了我的请求，感觉到我的被杀的朋友的灵魂正在倾听和赞同。但当我结束时，愤怒占据了我，我再也无法说话了。

在深夜的宁静里，一声邪恶而嘈杂的笑声划破寂静。它在山间回荡。笑声消失，接着我认出的声音，一声我所鄙视的声音在我耳边低语，"我很满意。可怜的家伙！你选择了生存，我很满意。"

我冲向声音的来源，但是魔鬼从我手中溜走了。然后，满月升起，照亮了他可怕而扭曲的身影，他以惊人的速度逃离了。

我追逐了他很多个月。在奇怪的运气下，我看到了恶魔在夜间悄悄溜上前往黑海的船上。我设法登上了同一艘船，但是不知何故，他逃脱了，我不知道怎么就逃脱了。

在遥远的塔塔尔和俄罗斯之地，尽管他设法躲避我，但我一直在追踪他的踪迹。有时，被吓坏的农民告诉我他们看到过他。偶尔，他自己会留下一些线索，害怕我失去他的所有踪迹，就会失去希望而死去。饥寒和疲惫只是我注定要忍受的痛苦中最轻微的一部分。我受到了一个恶魔的诅咒。当我最绝望的时候，这个恶魔会将我从看似巨大的困难中解救出来。有时，当我因饥饿而衰弱，大自然已经抛弃了我时，一顿饭会奇迹般地出现。在我的旅程中，我会时不时地找到一些小的解脱之物。就好像命运在帮助着我的追捕一样。

我一直跟随着那个人逃亡的痕迹，在遥远的塔塔利亚和俄罗斯之间的荒凉之地。有时，吓坏了的农民告诉我他们曾经见过他。偶尔，他自己会留下一些线索，担心如果我找不到他的踪迹，我就会失去希望而死去。寒冷、饥饿和疲惫只是我命中注定要忍受的最小的痛苦。我被一个恶魔诅咒了。当我最绝望的时候，这个精神会从看似巨大的障碍中拯救我。有时候，当我因为饥饿而虚弱，大自然已经抛弃了我，一餐食物会神奇地出现。在我的旅程中，我会找到一些小小的解脱。宛如命运在帮助我追逐他。

在追逐的过程中，那个人通常会远离人们居住的地方，所以我总是顺着河流的路径前行。在其他地方，我很少看到人类，因此我依靠遇到的野生动物来寻找食物。我有一些钱，我用它来和村民交朋友，给他们一些钱。有时候，我会带来我狩猎到的食物，与那些给我火和烹饪工具的人分享一部分。

我的生活很悲惨，除了睡觉时。睡梦给了我快乐和幸福。就好像看护着我的神灵给了我这些快乐的时刻，让我在旅途中保持坚强。没有这些休息的时刻，我可能会放弃。白天，我抱着夜晚的希望。在梦中，我看到了我的朋友、我的妻子和我心爱的祖国。我看到了父亲慈祥的面容，听到了妻子可爱的声音，看到克莱瓦尔健康而年轻。有时，当我走累了，我告诉自己我在梦中，很快就会醒来，身边是我亲爱的朋友。我非常爱他们，即使在清醒时，也紧紧抓住对他们的回忆。在那些时刻，我对追求对那个生物的报复的欲望消失了，我继续我的旅途，不是因为我想，而是因为感觉像是被某种看不见的力量引导着。

我不知道我追逐的那个人是怎么感受的。有时候，他会在树上或石头上留下信息，引导着我，让我生气。在其中一条信息中，写着："我依然掌控一切。你还活着，而我拥有所有的权力。跟随我去冰冷的北方，你将感受到我无所畏惧的寒冷。如果你赶快跟上，你会在这个地方附近找到一只已经死去的野兔。吃下它，恢复精力。继续前进，我的敌人。我们仍然要为生命而战，但在那时之前，你将经历许多艰难和痛苦的时光。"

可恶的恶魔！我将再次寻求报复。我会让你，可怜的怪物，遭受痛苦和死亡。我将永远不停地寻找你，直到我们中的一个消失。然后，我终于可以与已去世的伊丽莎白和朋友们团聚。他们正在等着我，并将因为我所有的辛勤努力和可怕旅程来奖励我！

当我继续向北旅行时，雪越来越厚，变得极度寒冷。几乎难以承受。当地的人们呆在他们的小房子里，只有少数勇敢的人出去捕捉那些因食物而绝望的动物。河流都冻结了，所以我无法捕捉到鱼，这是我的主要食物来源。

随着任务的艰难程度不断增加，我的敌人愈发沉醉于他的胜利。他留下的一条留言说："准备好了！你的艰辛才刚刚开始。包裹好暖和的毛皮，准备食物，因为我们即将踏上一段使你的苦难满足我的仇恨之旅。"

这些嘲弄的话语只是激发了我更多的勇气和决心。我坚定地决定不放弃我的使命。尽管条件困难而陌生，我继续前行。我没有流泪，而是跪下来，并怀着感恩之心，感谢精神将我安全带到这个地方。尽管我对手的嘲笑，但正是在这里，我希望最终能与他对峙和搏斗。

几周前，我得到了一辆雪橇和一些狗，让我能够迅速穿越雪地。我不知道那个怪物是否也有同样的优势，但我注意到我正在追上他。当我看到海洋时，他距离我只有一天的旅程。我希望在他到达海滩之前赶上他。

我感到了新的勇气，继续前行。仅仅两天，我就到达了一个小而破旧的海边村庄。我询问村民有关那个怪物的事情，他们给了我详细的信息。他们描述了一个巨大的人形怪物，前一天晚上刚刚到达。他手持一把枪和许多手枪。他还拿走了他们的冬季食物供应，并将其装载到了雪橇上。为了驾驭雪橇，他强行控制了一大群训练有素的狗。

在村民们惊恐的目光下，他给狗套上了马具，继续向没有陆地的方向穿越海洋。村民们认为他很快要死于冰面的破裂或极寒天气。

听到这个消息，我顿时感到绝望。那个恶魔竟然逃脱了我，现在我必须踏上一段危险且似乎无尽的穿越冰封海洋的旅程。作为一个来自温暖地方的人，我知道自己的生存机会微乎其微。然而，我知道我必须继续努力追寻我的目标和寻求复仇。我为即将开始的旅程做好了准备。

我换了一辆专门设计用于在冰封海洋上行驶的雪橇。在离开陆地之前，我还备足了食物供应。

我无法确定自那时以来过去了多少天。一次次，冰冷的温度回归，为我在冰海上建立了安全路径。

330　　根据我吃的食物量来看，我想我已经花了大约三个星期在这个旅程上。希望的不断拉伸让我感到越来越绝望和悲伤。绝望几乎彻底地占据了我，我在痛苦之下几乎要放弃了。曾经，当驮着我前行的疲惫动物们终于爬上一个倾斜的冰山的顶部时，其中一只变得太疲倦而死去。当我望向我面前广阔的冰原时，我感到一种深深的悲伤。但是，突然间，有什么东西引起了我的注意——在那片黑暗平原上有一个黑点。我将目光集中起来，想要看清楚它到底是什么，当我意识到那是雪橇和我认识的人扭曲的身影时，我简直无法相信！哦！希望的感觉充满了我的心怀！泪水涌上了我的眼眶，但我迅速擦掉它们，以便能清楚地看到那个生物。然而，由于泪水，我的视线仍然模糊不清，最终，我再也无法忍住，大声哭了起来。

331　　但这不是等待的时候。我把那只死狗从其他狗身上移走，给它们多准备了些食物，并在必要的休息一个小时之后，即使对我来说有些讨厌，继续我的旅程。我仍然能看到雪橇，除了被冰块暂时遮挡住的时候，我从来没有失去它的视线。实际上，我正在离它越来越近，经过了近两天的旅行后，我看见了我的敌人只有一英里远。我的心跳激动不已。

但就在我离捉住我的敌人如此之近时，我的希望突然破灭了，我对他的踪迹完全失去了。我听到地面在我脚下震颤，随着海浪愈来愈可怕的咆哮声。我试着继续前行，但毫无用处。风越来越大，海浪激烈起来，随着一声巨响和地动山摇，它裂开了。过程很快，几分钟内，一片狂野的海洋将我和我的敌人隔开，我被困在一块越来越小的冰上。我担心自己会死去。

332　　这样，我忍受了许多可怕的小时。我的一些狗死了。我差点因为压倒性的痛苦而崩溃。但是，我发现了你们的船。尽管我疲惫不堪，我朝着你们的船推动我的浮冰。即使你们航行向南，我已决定寄望于海洋的怜悯，而不放弃我的使命。我的计划是说服你们给我一艘船，这样我就能继续追击我的敌人。然而，你们却向北航行。当我处于最虚弱的时刻，你们收留了我，拯救了我。但是现在，我的使命仍未完成。

333　　哦！我的引导精神何时会怜悯我让我休息呢？还是我必须

死去，而他继续活着？如果我死了，沃尔顿，答应我，他不能逃脱。答应我，你会找到他，并以结束他的生命来寻求复仇。但我真的要求你承担我所经历的旅程和面对的艰辛吗？不，我并不自私。然而，当我不再活着时，如果他来找你，如果复仇的使者带他来到你面前，发誓他不能幸存——发誓他不能战胜我无尽的痛苦，继续他的黑暗罪行。他善于言辞和说服，他的话曾经对我的心有影响。但不要相信他。他的灵魂和他的外貌一样邪恶，充满欺骗和恶意。不要听他的话。相反，呼唤威廉、贾斯廷、克莱弗尔、伊丽莎白、我的父亲和可怜的维克多的灵魂。将你的剑刺入他的心脏。我会在附近引导你的手。

$\sim$

沃尔顿继续叙述他的故事。

17—年8月26日。

玛格丽特，你读了这个奇怪而可怕的故事。它不会像我一样，让你的血液因恐怖而冰冷吗？听他说话显示了他的情感范围。他既伤心，又冷静，但也渴望报仇。

他的故事合乎逻辑，带着真实感。然而，我必须承认，他向我展示的费利克斯和赛菲的信件，以及我们船上对怪物的目击，更让我相信。所以，这个怪物真的存在！我不会怀疑。我只是感到惊讶和惊奇。有时，我试图向弗兰肯斯坦学习他如何创造这个生物，但他拒绝分享任何关于这个主题的细节。

"你疯了吗，我的朋友？"他说，"你这无谓的好奇心带你去哪里？难道你想为你自己和整个世界创造一个邪恶的敌人吗？冷静下来，冷静下来！听听我的悲伤，别试图让你自己的更加糟糕。"

弗兰肯斯坦发现我写下了他的故事：他想读一读并进行了一些修改和补充，尤其是关于他与他的敌人的对话。"既然你记录了我的故事，"他说，"我不希望一个不完整的版本传给后代。"

过去了一个星期，我听了一个想象中最奇怪的故事。我对我的客人充满了兴趣，我的思想和灵魂的每一个感觉都被他所吸引。我想安慰他，但他似乎只在孤独和困惑中找到安慰。换句话说，他相信他梦见与朋友交谈并从中获得安慰或复仇的动力时，并不仅仅是他想象中的创造物，而是来自另一个世界的实实在在的存在。这太迷人了。

我们的谈话并不总是关于他自己的故事和困难。他对各种学科都有广博的知识和快速的理解能力。他语言有力，情感丰富，每当他讲一个悲伤的故事或试图引起同情或爱的时候，我禁不住流泪。他曾经是一个多么了不起的人啊！即使在他的失败中，他仍然高尚和卓越。似乎他理解自己的价值以及他的悲剧性跌落的程度。

"当我还年轻的时候，"他开始说，"我相信自己注定要成就一番伟大的事业。我认为将我的才能浪费在无用的悲伤上是错误的，我应该将它们用来帮助别人。当我审视我所完成的工作时，我并不把自己看作一个普通的梦想家。然而，现在，这个曾经让我意气风发的想法却将我拖入更深的绝望之中。我的所有计划和希望都化为了乌有。从小，我就充满了崇高的志向和伟大的抱负。但是，哦，我已经跌得有多远啊！我的朋友，如果你在我鼎盛时期认识我，你会难以相信现在的我和当初充满荣耀的我是同一个人。绝望很少侵袭我的内心。感觉有一种更高的命运在推动我前行，直到我跌倒再也无法起身。"

我要失去这个了不起的人吗？我渴望有一个朋友很久了，一个能理解和关心我的人。而现在，在这个荒无人烟的地方，我找到了那个人。但是我害怕我只是找到他才意识到他有多么美好，然后又失去他。我想帮助他看到生活中的美好，但他却推开了这个想法。

"谢谢你，沃尔顿，"他说，"对于一个像我这样悲惨的人来说，你对我很善良。但是当你谈到建立新的联系和新感受时，你觉得还有人可以取代那些已经离去的人吗？还有人能像克勒瓦尔一样对待我吗？还有人能取代伊丽莎白吗？即使感情不是非常深厚，我们在童年时期的朋友总是在我们的心中占有特殊的地位，几乎没有后来的朋友可以比得上。他们知道我们小时候的样子，即使我们长大了会改变，但我们的一些特质永远不会完全消失。他们可以理解我们的行为，判断我们的意图是否善良。除非有早期的迹象，否则兄弟姐妹之间不会怀疑对方的诚实，但是另一个朋友，无论多么亲密，有时可能会被怀疑。

但是，我有一些特别的朋友，他们之所以特别，不仅仅是因为我们习惯了彼此的陪伴，也因为他们各自的品质。无论我身在何处，我总能听到伊丽莎白的安慰之声，和与克勒瓦尔的对话在我耳边回荡。他们现在离去了，在如此孤独中，我只有一个理由想要继续活下去。如果我参与一个重要的、可以帮助他人的大型项目，那么我可以活下去并完成它。但那不是我应该做的。我必须追逐并杀死我创造出来的生物，只有这样我才能完成我在地球上的使命，然后我可以去世。"

340　　九月二日。

亲爱的妹妹，

我现在处于一个危险的境地，不确定是否能再次回到英格兰，或者见到那些对我而言如此重要的朋友们。我被巨大的冰山包围，这些冰山可能随时会把我们的船压垮。同意与我一同前往的勇敢的人们都期望我能帮助他们，但我毫无能力可提供。我们的处境非常可怕，但我依然保持勇气和希望。想到所有人的生命都因为我的愚蠢计划而处于危险之中，令我十分惶恐。

而你，玛格丽特，会怎么想呢？我希望你永远不用听到我的死讯，而是怀着期待等待我的归来。多年过去了，你会感到绝望，但仍然抱有希望。噢，我亲爱的妹妹，想到你失望和失去希望对我而言比自己的死亡更加痛苦。但你有一个丈夫和可爱的孩子，所以你可以快乐。愿上天保佑你，带给你幸福！

341　　我的客人，和我一样不幸的他，用极大的善意望着我。他试图给我希望，并以生命如此宝贵的语气谈论。他给我讲述了其他曾在这片海域经历类似意外但最终渡过难关的船员的故事。尽管我自己不愿意，但他让我充满积极的想法。甚至船员们也被他的话所鼓舞。他说话的时候，他们不再感到绝望，而是被激励着。然而，这种感觉并不持久。每天我们在不确定中等待时，恐惧开始蔓延，我担心绝望可能引发叛乱。

九月五日。

刚刚发生了一件非常有趣的事情，尽管你很可能无法读到这篇文章，我还是想把它写下来。

我们仍然被巍峨的冰山所围绕，我们的船仍然面临被压垮的巨大风险。天气极其寒冷，我的可怜的朋友们中有许多人已经生病了。他的眼睛仍然显示发烧的迹象，他非常虚弱。无论他做任何事情，都很快变得无力和无生气。

342　　在我上一封信中，我告诉你我对可能发生的叛乱感到担忧。今天早上发生了一件意想不到的事情。我和我的朋友坐在一起，他看起来非常虚弱和疲惫，突然一群水手来到了我的舱房。他们被选中代表其他水手与我交谈。他们担心如果我们被解救出来有机会逃离，我可能会继续我们冒险的旅程，而不是向南方安全前进。他们希望我承诺，如果我们被解救，我会立即改变航向朝南方前进。

这个请求让我感到困扰。我并没有放弃希望，也没有考虑如果我们被解救后是否会转身回去。但是我真的能拒绝他们的要求吗？我无法立即做出决定。就在我犹豫不决的时候，弗兰肯斯坦突然开口了，他一直沉默而虚弱，现在显得坚定和精力充沛。他对着水手们说-

343　　在我上一封信中，我告诉过你我担心可能发生叛乱的事情。今天早上，发生了一件意外的事情。我和我的朋友坐在一起，他看起来很虚弱和疲倦，突然一群水手来到我的舱房。他们被选出来代表其他水手与我交谈。他们担心如果我们从冰中解脱出来有机会逃脱，我会继续我们冒险的旅程，而不是朝着南方的安全地带前进。他们希望我承诺，如果我们被解脱，我会立刻改变航向，朝着南方前进。

这个要求让我困扰。我还没有放弃希望，也没有考虑如果我们被解脱后就掉头回去。但我真的能拒绝他们的要求吗？我无法立即做决定。就在我犹豫不决的时候，弗兰肯斯坦突然开口了。他看起来坚定而精力充沛。他转向水手们，说道-

344　　他用一种表达不同情感的声音讲话，目光中充满了壮丽的计划和勇气。你们能理解为什么这些人会被感动吗？他们彼此看着对方，无法回答。我说话了，告诉他们回去好好思考一下刚才所说的话。我说如果他们强烈反对，我不会再领导他们继续向北前进，但我希望他们可以在一段时间后重新振作起勇气。

他们离开了，我转向我的朋友，但他虚弱得快要奄奄一息了。

我不知道这一切会以何种方式结束，但我宁愿死也不愿丢盔弃甲地回去，未能完成我的使命。虽然我担心这将是我的命运。这些人既没有荣誉和光荣的观念来支撑他们，也无法再忍受他们的困苦。

9月7日。

决定已经做出了：如果我们不被毁灭，我同意返回。我的希望被懦弱和优柔寡断打破了。我回去时浑然不知，并感到失望。我需要比我拥有的力量更多，以耐心面对这种不公正。

9月12日。

决定已定，我要回到英格兰。我的帮助他人和获得荣耀的梦已经破灭。我失去了我的朋友。但我会努力向你解释这些痛苦的细节，我亲爱的妹妹。当我向英格兰和你驶去时，我不会失去希望。

9月9日，冰开始移动，大地发出了像雷声一样的巨响，岛屿四面八方都出现了裂缝。我们面临着巨大的危险，但是我们无能为力，所以我把注意力放在了我的不幸客人身上，他的病情变得更加严重，不得不卧床休息。冰在我们身后裂开，并被强大地推向北方。一阵微风从西方吹来，到了11日，通往南方的道路完全清晰了。当水手们看到这一切，意识到他们即将返回家园时，他们兴奋地欢呼了很长时间。弗兰肯斯坦从昏睡中醒来，问他们为什么会发出这么大的声音。"他们正在欢呼，"我说，"因为他们将很快返回英国。"

"你真的计划也回去吗？"

"可惜，是的。我不能拒绝他们的请求。我不能违背他们的意愿带他们冒险，所以我必须回去。"

"如果那是你想要的，那就去吧。但是我不会。我不能放弃我的使命。上天赐予了它给我，我不能忽视。我可能很软弱，但我相信帮助我寻求复仇的精神会给我足够的力量。"他试图下床，但是对他来说太过艰难。他倒在床上，昏迷了过去。

过了一段时间他才康复，当时我以为他已经死了。最后，他睁开了眼睛，但是呼吸和说话都不容易。医生给了他一些药帮助他镇定下来，并告诉我们让他一个人呆着。医生还说朋友不剩多少时间可以活了。

他被判了罪，我只能感到悲伤和耐心。我坐在他床边，看着他。他的眼睛紧闭着，我以为他在睡觉。但是，然后，他用虚弱的声音叫我过去，让我靠近一点。他说："不好！我以前依赖的力量已经消失了。我感觉自己快要死了，而我的敌人，那个折磨我的人，可能还活着。沃尔顿，请你不要以为，在我生命的最后时刻，我依然有燃烧的仇恨和强烈的复仇欲望。但是我确实认为希望我的敌人去死是合理的。这些最后的日子里，我一直在思考我的过去行为，我觉得它们并不该受到指责。在一时的狂热中，我创造了一个有思想的生物，并承担了尽我所能确保他幸福和福祉的责任。这是我的职责，但还有一个更重要的职责。我对其他人类有更强烈的责任感，因为他们能够体验更多的快乐或痛苦。出于这个原因，我拒绝为第一个生物创造一个伴侣。他展现了无法比拟的邪恶和自私。他摧毁了我的朋友，并判处有能力体会快乐、幸福和智慧的生命死刑。而我不知道这种复仇欲望将会到何时止。他应该死，这样才不会让其他人痛苦。毁灭他是我的工作，但我失败了。当我被自私和邪恶的动机驱使时，我曾要求你继续我未完成的工作。而现在，在我受理性和德行引导的时候，我再次请求你。"

348　　但我不能要求你离开你的祖国和朋友，完成这个任务。现在你要回到英国，很难有机会找到他。但让你考虑这些事情，并权衡你认为自己的责任，这取决于你。我的思想和判断已经被即将来临的死亡所混淆。我无法要求你做我认为正确的事情，因为我可能仍然受到情绪的影响。

　　他继续造成伤害的事实令我烦恼。再见，沃尔顿！在和平中找到幸福，避免野心，即使是在科学和发现方面脱颖而出。然而，为什么我会说这个呢？我的追求的希望已经被摧毁，但其他人可能会成功。

　　他的声音变得虚弱，然后陷入沉默。大约三十分钟后，他想再次说话，但无法开口。他微弱地握住我的手，眼睛永远闭上了。

349　　玛格丽特，我不知道该如何表达对这位了不起的人突然离世的悲痛之情。我怎么才能够表达出我的悲伤之深啊？似乎没有任何言语可以描述得足够。我正在流泪，感到被失望淹没。但我正在前往英格兰，在那里我希望能找到一些安慰。

　　等一下，有什么东西打断了我。这些声音是什么意思呢？

现在已经是午夜，微风轻拂。甲板上的船员几乎没有动静。我又听到了，一个听起来像是人的声音，但更加粗糙。声音传来自弗兰肯斯坦的尸体所在的房间。我得起身去看看。晚安，我的妹妹。

哦天啊！刚刚发生了令人难以置信的事情！想着它，我仍然感到头晕。我不确定自己是否能够描述出来，但这个故事是不能没有这个惊人结局的。

我走进船舱，我的不幸而又非凡的朋友的遗体躺在那里。在他上方有一样我无法找到合适的词语来形容的东西；它巨大却看起来奇异而扭曲。当它倾身在棺材上时，脸被长而乱的头发遮住了。但它的一只手却异常巨大，看起来像木乃伊一样的颜色和质地。当它听到我走近时，哀伤和恐惧中止了呼喊，迅速朝着窗户移动。我从未见过如此可怕和令人厌恶的面孔。它令人恶心，但也令人恐怖。我本能地闭上眼睛，试图记起在这个怪物面前该怎么办。我呼喊着让它停下来。

它停了下来，惊讶地看着我。然后，它转回去看着它创造者无生命的身体，似乎忘记了我在那里。每一个表情和动作都表明它陷入了一种无法控制的狂怒之中。

"他也是我的受害者！"它大声喊道。"他的谋杀完成了我的罪行。我痛苦的存在即将结束！哦，弗兰肯斯坦！你是善良又为他人牺牲！现在我向你请求原谅有何用呢？我通过夺走你所爱的一切来彻底毁灭了你。唉！他已冷却，无法回答我。"

他的声音听起来滞涩，我原本想满足朋友的临终愿望，并摧毁他的敌人，但由于好奇心和同情心的混合，我先将这个忧郁的怪物放在一旁。我朝着这个巨大的生物走近，过于害怕看着他的脸。我试图开口说话，但无法开口。怪物继续胡言乱语，说着不合常理的话。最后，在他情绪的暂时停顿中，我鼓起勇气与他交谈。"你的懊悔现在已经没有必要了，"我说，"如果你当初听从良知，不放纵如此邪恶，弗兰肯斯坦还会活着。"

"而你认为，"怪物说，"我当时感受不到痛苦和悔恨吗？他，"他指向那具尸体，"他所经历的痛苦远不及我所承受的。你认为我会乐于听到克莱维尔痛苦的哭声吗？我本该感受到爱和同情，但当悲惨将我逼入仇恨时，这种变化给我带来了无法想象的痛苦。"

352 "在我伤害了我的朋友克莱瓦尔之后，我回到了瑞士，感到非常悲伤和不知所措。我为弗兰肯斯坦感到难过，但随后我开始感到害怕。我不再喜欢自己了。但是，当我发现弗兰肯斯坦，这个创造了我并让我受尽折磨的人，在给我带来更多痛苦和悲伤的同时，还希望得到幸福，我感到嫉妒和愤怒。我真想报复他。我想起了我的承诺，决定实现它。我知道报复只会让我更难过，但我无法阻止自己。她死的时候 我不再感到悲伤。我已经麻木了所有的情感，完全屈服于悲伤。变得邪恶成了我的新目标。一旦走上这条路，我就无法回头。确保我的复仇计划得以实施成了我满脑子的念头。现在一切都完成了，他是我最后一个伤害的人！"

353 一开始，当我看到他的可怜模样时，我感到心疼。但后来我想起了弗兰肯斯坦曾说过的他有口才的能力。当我看到我朋友躺在那里毫无生气的时候，我不禁又感到生气了。我对他说："你真是个可怕的人！你方便地过来抱怨你所造成的破坏。你放火烧了一群建筑，当它们都烧毁时，你坐在废墟中哭泣。你是个虚伪的怪物！你哀悼的人如果还活着，他们仍将是你的目标，你那可怕的复仇。你不是感到可怜，你只是悲伤，因为你想伤害的人已经离你而去。"

354 "不是那样，一点也不是。"怪物打断道。"但我理解你可能会基于我的行动这样想。我不指望你为我感到难过，或者理解我的痛苦。当我最初寻求理解时，是因为我想分享充满我心的善良与幸福之爱。但现在，善良感觉像是遥远的记忆，幸福已经变成了苦涩和绝望。那么，我为什么还会寻求同情呢？我宁愿独自承受痛苦，直到它的结束。当我死去时，我也接受被人以厌恶和羞愧的方式记住。我曾经梦想过过上一个德高望重、名扬四海、找到快乐的生活。我曾经希望有人能超越我的外表，欣赏我身上的美好品质。我有高尚的荣誉和奉献的志向。但现在，我的罪行使我比最低贱的动物还要卑劣。没有任何罪恶、伤害、恶意和痛苦可以与我的相比。当我反思我那可怕的错误清单时，很难相信我是曾经有美好善良幻想的同一个人。但这是真实的；我已经成为一个邪恶的恶魔，就像那个堕落的天使一样。然而，即使是上帝和人类的敌人在孤独时也有朋友和伴侣。而我完全孤独无援。"

"你们把弗兰肯斯坦当作你们的朋友，似乎了解我所做下的那些坏事和因此导致弗兰肯斯坦遭受的不幸。但是，在他与你们的解释中，他无法完全体会到我所承受的长达数月甚至数小时的苦难，那种无力和愤怒中的消磨。虽然我粉碎了他的梦想，但我对所做的一切并不满意。我一直渴望爱和陪伴，但仍然被拒绝。这难道不公平吗？当世界上每个人都对我不友好时，难道我是唯一一个应受指责的吗？为什么你们不讨厌弗利克斯，他把他的朋友赶了出去？为什么你们不鄙视那个乡下人，他想要伤害他孩子的救命恩人？不，这些都是善良无辜的人！相反，我却是痛苦和被遗弃的。我被看作是一个没用和不重要的东西，被拒绝、被踢、被践踏。即使现在，当我想起这一切是多么不公平时，我仍然感到愤怒。"

但是事实是，我是一个可怕的人。我杀害了无辜和无助的人。我扼杀了一个从未对我或其他人造成伤害的人。我让我的创造者，代表了一切美好和值得爱的东西，遭受了巨大的痛苦。我不懈地追逐着他们，直到他们不幸离世。他们现在静静躺着，毫无生气。你憎恨我，但是你的仇恨无法与我对自己的感受相比。我看到自己犯下这些可怕行径的手，想到那个构思它们的心。我渴望有一天能够看不到那双手，那些可怕的想法也不再困扰我的思绪。

别担心，我不会在未来造成更多伤害。我的任务快结束了。为了完成我的目标，我不需要任何人（包括你）死去。但是，我需要结束自己的生命。我打算离开你的船，乘坐带我来到这里的冰筏，前往北极的最远地带。在那里，我会收集木材，为自己建一个葬火，把这个可怜的身体烧成灰烬。我不想让任何人，尤其是那些有扭曲意图的人，利用我的遗骸创造另一个像我一样的怪物。我将会死去。我将不再忍受我现在所受到的痛苦，也不再因为未实现的欲望而痛苦。给予我生命的那个人已经逝去，一旦我离开，没有人会记住我们。我将不再见到太阳、星星，也不再感受风吹到脸上。光亮、感觉和感官都会逐渐消逝，这是我能找到幸福的方式。多年前，当我第一次感受到这个世界的奇妙之处——当我感受到夏日的温暖，听到树叶的沙沙声和鸟儿美丽的歌声时——这些事物对我来说意味着一切，我甚至会因死亡的想法而哭泣。但是现在，这是我唯一的安慰。我的可怕行为让我心灵受到污染，我被压倒性的罪恶感所困扰。死亡是我能找到平静的唯一方式。

358　　"再见！我要离开你，你是我最后一个见过的人。再见，弗兰肯斯坦！如果你还活着并怀有对我报复的欲望，那么在我消失之前满足它会更好。即使你认为自己被毁灭了，我的痛苦超越了你的。痛苦的悔恨会永远持续下去。

　　"但很快，"他说，"我会死去，我现在所感受的事情将不再被感受到。这些剧烈的苦难将终结。我的骨灰将被风吹向大海。我的灵魂将得到安息，如果它有思想，那肯定不会像现在这样。再见。"

　　他说着，跳出船舱的窗户，落在附近的浮冰上。他很快被海浪卷走，消失在黑暗和远方。

　　完。